어떻게든 살고는
있습니다만

어떻게든 살고는 있습니다만

2018년 1월 19일 초판 1쇄 발행

지은이 신인지, 신인선

펴낸이 김상현, 최세현
마케팅 심규완, 김명래, 권금숙, 양봉호, 임지윤, 최의범, 조히라
책임편집 김새미나, 이기웅, 정선영
경영지원 김현우, 강신우
해외기획 우정민

펴낸곳 박하
주소 경기도 파주시 회동길 337-16 3층
팩스 031-955-9914
출판신고 2006년 9월 25일 제406-2006-000210호
전화 031-955-9912(9913)
이메일 bakha@bakha.kr

ISBN 978-89-6570-578-9
시드앤피드는 (주)쌤앤파커스의 브랜드입니다.

· 이 책의 국립중앙도서관 출판시도서목록은
서지정보유통지원시스템 홈페이지(http://seoji.nl.go.kr)와
국가자료공동목록시스템(http://www.nl.go.kr/kolisnet)에서
이용하실 수 있습니다. (CIP제어번호: 2018000569)
· 책값은 뒤표지에 있습니다.

어떻게든 ———— 살고는 있습니다만

신인지 쓰고
신인선 그림

차례

1

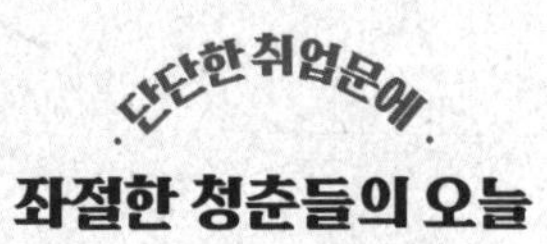

좌절한 청춘들의 오늘

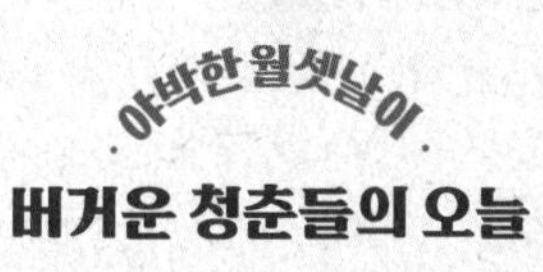

버거운 청춘들의 오늘

3

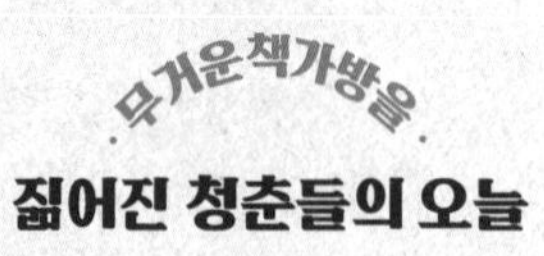

짊어진 청춘들의 오늘

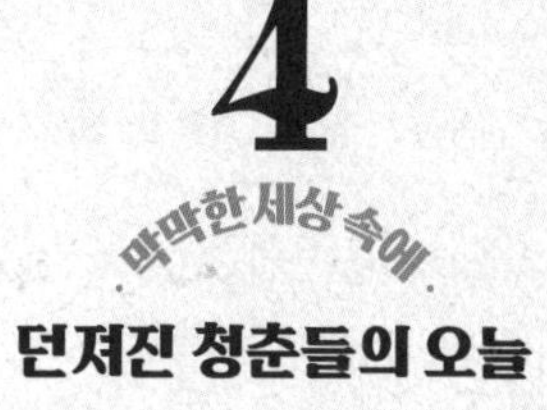

4 막막한 세상 속에 던져진 청춘들의 오늘

프롤로그

"무엇이 되어 있지 못한 오늘은,
나의 오늘이 아닌가요?"

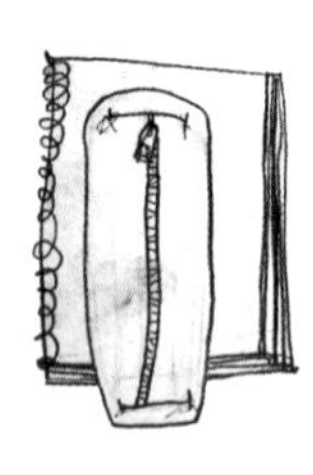

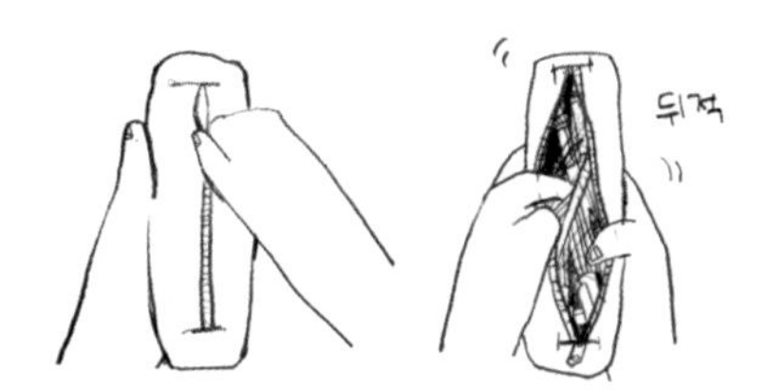

…그렇다고 생각했다.

못나고 부끄럽게 느껴지는 이 시간이
서둘러 지나가기만을 바랐다.

그러나 기대와는 달리 인생에는
무엇이 되어 있지 못하고, 무엇을 가져보지 못한 상태가
꽤 자주, 오래 있었고…

꽤 자주, 오래 그 시간을
미워하고 원망만 하며 보냈다.
어느새 그것이 내 인생이 되어가는 것도 모른 채.

그렇지만 어느 순간
내 것이 아닌 척 등 돌리던 시간을 가만히 들여다보니

그 안에는 어제와 다른 숫자가,
모른 척할 수 없는 가치가 숨어 있었다.
그때부터 숨은 그림 찾기라도 하듯
숨은 매일의 의미를 찾아내
실패라고 치부한 시간에
새로운 이름을 붙여보기로 했다.

수험생, 지망생, 준비생이라는 확신이 서지 않는 시기,
몸 피곤하고 마음 고단한 시간들이
결국 내 몫의 하루이고,
그예 내 몫의 오늘일지라도

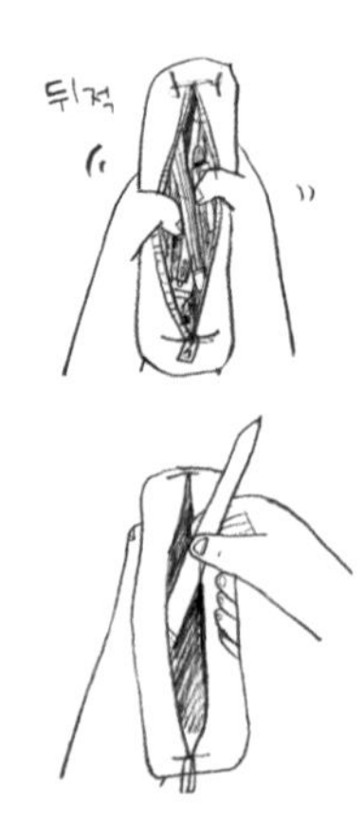

그것이 누구의 것도 아닌 내 인생을,
반드시 지나가서 또 오지 않을 지금을
가장 나답게 보내는 방법이 될 것이므로.

기꺼이 받아들이고,
정성껏 품어주고,
마음껏 사랑하기로!

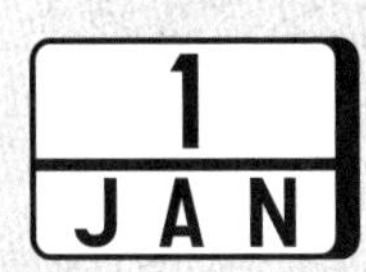

단단한 취업문에 좌절한 청춘들의 오늘

CALENDAR

1
JAN

1 月

日	月	火	水	木	金	土
	1	2	3	4	5	6
7	8	9	10	11	12	13
14	15	16	17	18	19	20
21	22	23	24	25	26	27
28	29	30	31			

1
출발선

다시,
시작할 수 있을까

넘어진 곳이
새로운 출발선이 되는 순간

오늘, 1월 1일

•

살아가다 가끔씩 뒤를 돌아보면
지나온 길 위에 여러 번 그어진
많은 출발선들을 확인하게 될 것이다.

그러나 그것이 무슨 문제가 될까?

완주가 목적인 인생에
숱한 출발선은
결코 흠이 될 수 없다.

CALENDAR

2
세안

성가신 잡생각은
빗어 넘기고

수선스러운 헛생각은
질끈 묶어버리고

•

머릿속 온갖 부정적인 단어들을

말끔하게 떨쳐낸 세면대 앞.

금세 뽀드득해진

거울 속 오늘.

CALENDAR

1
JAN

1 月

日	月	火	水	木	金	土
	1	2	3	4	5	6
7	8	9	10	11	12	13
14	15	16	17	18	19	20
21	22	23	24	25	26	27
28	29	30	31			

5
변신

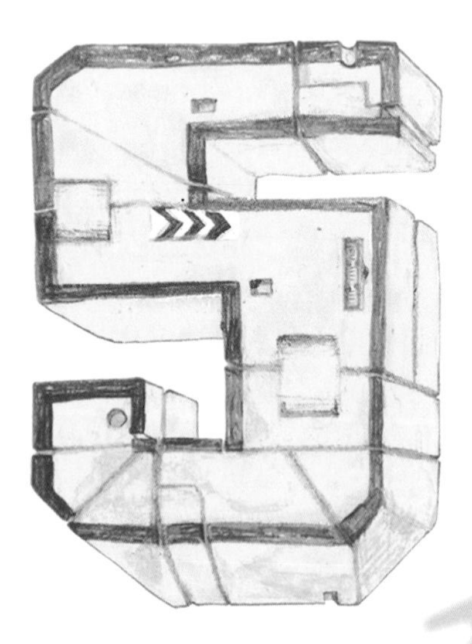

꼴랑,

변신 전 모습으로만 나를 알았다가는…

•

어메이징한 변신 로봇의

숨겨진 오늘, 1월 5일

CALENDAR

1
JAN

1 月

日	月	火	水	木	金	土
	1	2	3	4	5	6
7	8	9	10	11	12	13
14	15	16	17	18	19	20
21	22	23	24	25	26	27
28	29	30	31			

6
밥솥

비어 있는 밥솥에서 확인한
자취의 설움에

마음의 허기가 확 몰려온
오늘, 1월 6일

•

떼를 써서 시작한 서울살이 첫날.

혼자 밥을 하고
혼자 문단속을 하고
혼자 세탁기를 돌리고….

혼자 알아서 해야 하는 생활이 생겨나자,
소꿉놀이라도 하듯 마음이 달뜨기까지 했다.

그런데 밥솥에 밥을 막 안친 직후,
고향집에서 챙겨온 밥그릇을 보자
집 떠나온 무덤덤함이 와르르 무너져 내렸다.

그곳에 있을 내 그릇의 난 자리와
이곳에 있는 식구들 그릇의 빈자리를 통해
별안간 내가 감내해야 할
독립의 대가를 실감하고야 만 것이다.

그때 요란하게 김을 뿜으며
뜸 들이는 밥솥 소리에 파묻혀,
나는 밥그릇을 끌어안고
얼마나 울어댔는지 모른다.

•

이미 내 손을 떠난 일에는
더 이상 미련을 두지 않기로 한다.

행여 넘어지더라도
곧장 일어나기로 한다.

만약 기회를 빼앗겼다면
집중하며 때를 엿보기로 한다.

이번 작전은 그렇다.

들어가든

튕겨져 나가든

MEMO

지금 내가 있어야 할 자리는
골대 바로 밑!

눈 크게 뜨고
신나게 표시하기 바쁜

새 달력 속 빨간 날

오늘을
간신히 버티게 해주는
동그라미.

CALENDAR

숨은 '휴일' 찾기

CALENDAR

1 月

日	月	火	水	木	金	土
	1	2	3	4	5	6
7	8	9	10	11	12	13
14	15	16	17	18	19	20
21	22	23	24	25	26	27
28	29	30	31			

14 서울 사람

한강을 대하는 태도로
구분할 수 있는

서울 사람,
서울 사람이 아닌 사람

•

어떤 이는 하품을 하고
또 다른 이는 수다를 떨고
대다수는 휴대폰에서 눈을 떼지 못하고 있을 때
'한강'이 나타났다.

거대하고 아름다운 강 위를
지하철이 무심하게 가로지르는 동안
카페인이 잔뜩 들어간 커피를 마신 것 같은
두근거림을 느끼며
한강은 이 도시에서 내가 이뤄야 할 과업을
떠올리게 했다.

서울 사람인 척 무심하게,
그러나 한강을 보느라 눈알 돌아가기 바쁜 오늘.

CALENDAR

15
기초

입문, 초급, 베이직, 기초…

정작 기본도 못 지키고 있는
오늘, 1월 15일

•

기본조차 안 되어 있는 게
한갓 '영어' 하나뿐일까….

내 삶에 짓다 만,
기초 공사에만 몰두하다 흐지부지된 것들이
흉물스러운 골격만 드러낸 채 발갛게 녹슬어간다.

백날 어리숙한 척하다, 정말 어리숙해져버린
만날 초짜에만 머물다, 진짜 초짜가 되어버린

미처 활용도,
끝내 완성도 하지 못한 무수한 것들이
못내 아쉬워지는

쌉　싸　래한 겨울밤이다.

CALENDAR

1 月

日	月	火	水	木	金	土
	1	2	3	4	5	6
7	8	9	10	11	12	13
14	15	16	17	18	19	20
21	22	23	24	25	26	27
28	29	30	31			

22
세배

방바닥에 그대로 얼굴을 파묻고 싶은

세뱃돈을 대하는 인간의 발달 단계별 자세

아동기

세뱃돈을 들고 엄마에게 제 발로 달려가서는
기약 없는 먼 훗날에 반환을 약속받으며 일단은 갈취당한다.

사춘기

본인은 성의를 보인 거라고 생각하지만
누가 봐도 고개만 까딱거리는 불량한 자세로 세뱃돈을 받는다.
봉투 안에 문화상품권이라도 있으면 입에서 'IC'부터 튀어나온다.

대학기

제 부모에게만 아직도 '애기'이지,
친척 어른들에게는 누가 봐도 성인으로 감지되며
세뱃돈에 대한 부담감만 안긴다.

취준기

받을 수 있는 금액이 어린 조카보다 적다.
얼마 되지도 않은 세뱃돈을,
주머니에 바로 넣지도 못하고
손끝으로 어정쩡하게 잡고만 있다.

CALENDAR

1 月

日	月	火	水	木	金	土
	1	2	3	4	5	6
7	8	9	10	11	12	13
14	15	16	17	18	19	20
21	22	23	24	25	26	27
28	29	30	31			

23
만만한 나

아오,

열 받는 일만 생기면

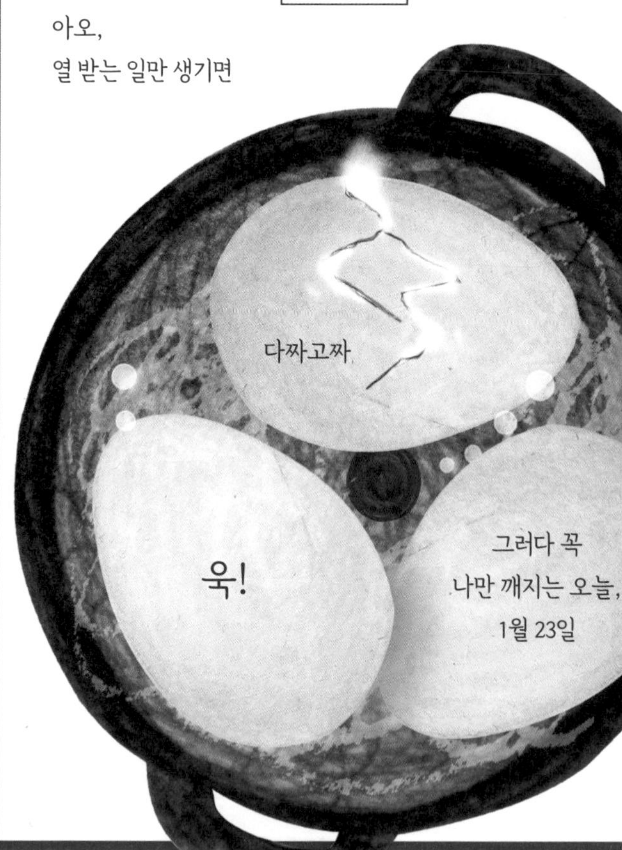

•

욱하다 훅 갈까 봐
마음속에 '참을 인' 자를 세 번 써보려는데…
놀랍게도
쓸 줄을 모른다.

모르는 한자 외우려다
괜히 더 뿔따구만 나니까
'참자, 참자, 참자'라도 써보기로!

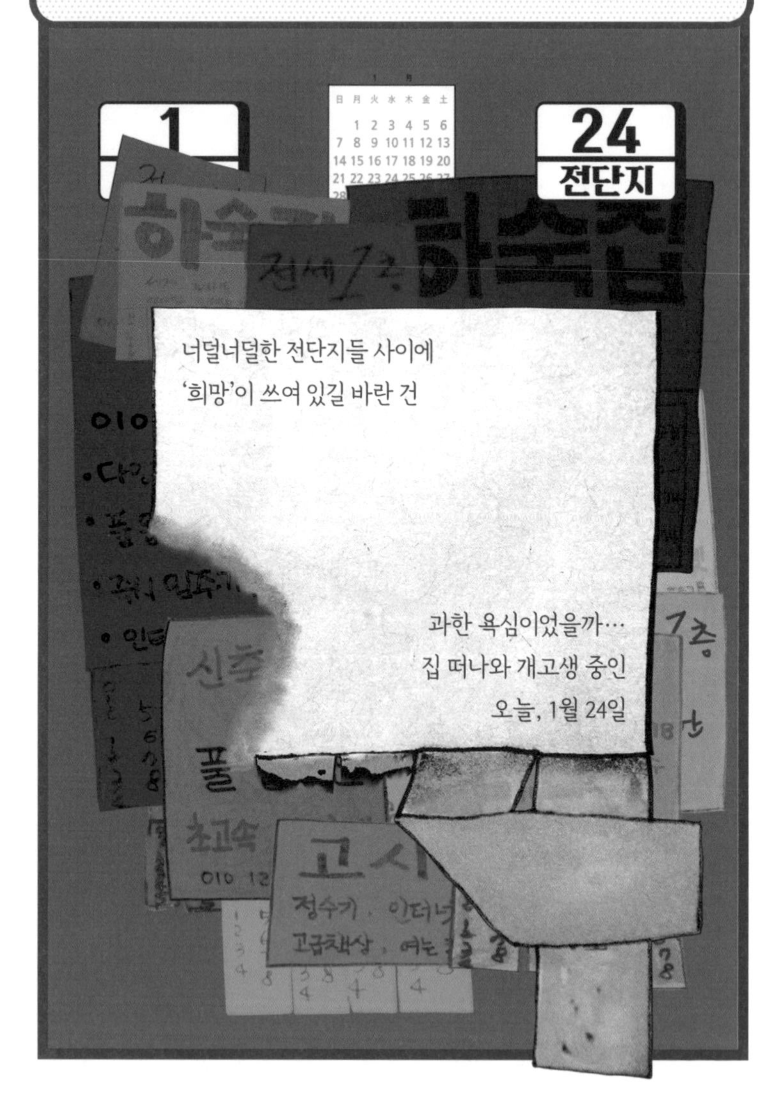
CALENDAR
1
24
전단지
하숙집
너덜너덜한 전단지들 사이에
'희망'이 쓰여 있길 바란 건
과한 욕심이었을까…
집 떠나와 개고생 중인
오늘, 1월 24일

•

싸가지 없이 비싸기만 한
서울 집값에 놀라
타지로 자식 떠나보내는 아쉬움조차
사치처럼 느껴진다.

일찍이 남들 얘기 다 듣고
방구석에서 몇 번이고 계산기를 두드려봤음에도
실제로 마주한 현실은
'실재'라 더 놀랍고 얼이 빠진다.

아까부터 입이 삐죽 나와 있는 자식 놈
눈치 살피기도 바쁜데
사기꾼인지 아닌지도 모를 중개인의 소형차에 이끌려
문턱을 오르락내리락만 벌써 몇 번째.

빽빽하게 들어서 있는 집들 가운데
내 자식 마음 편히 두고 나올 곳이 없어
가슴은 천근만근 무거워지고….

계단이 많다는 다음 집은
어쩐지 좀, 들여다볼 마음이 안 생긴다.

– 그날, 엄마의 일기장에서

한파 속,
카드 한 장으로 출발을 준비하는
후배의 의연함을 지켜보기만 하는 나
차를 얻어 탈 때에만 보이는
어른스러운 남의 오늘,
1월 27일

•

키가 작아 한때 '꼬맹이'라고 놀려대던 후배였다.

운전석 의자를 한껏 앞으로 당겨야 할 정도로
여전히 다리 짧은 녀석이
지금 이 순간은 왜 이렇게 커 보이는 걸까….

문득 그의 애마 안에서 겨울 하늘을 바라본다.
맑고도 파랗다.
되게 얄미울 정도로.

•

심오한 표정의 활자들과는 안 어울리게
'뭐 이런 것까지….'
싶은 말들이 다 적혀 있는 근로계약서는

경쾌한 그 무게와는 달리
어기면 재미가 없어진다고 들었다.

그래서 더욱 신중해지려고 마음먹어보지만
선택을 하는 게 아니라
선택을 받아야 하는 처지에서
시도해볼 수 있는 노력이란

안 찍는 것이 아니라 조금 더 천천히
세상에 딱 하나만 존재하는 나의 무늬,
'지장'을 찍는 것일 뿐.

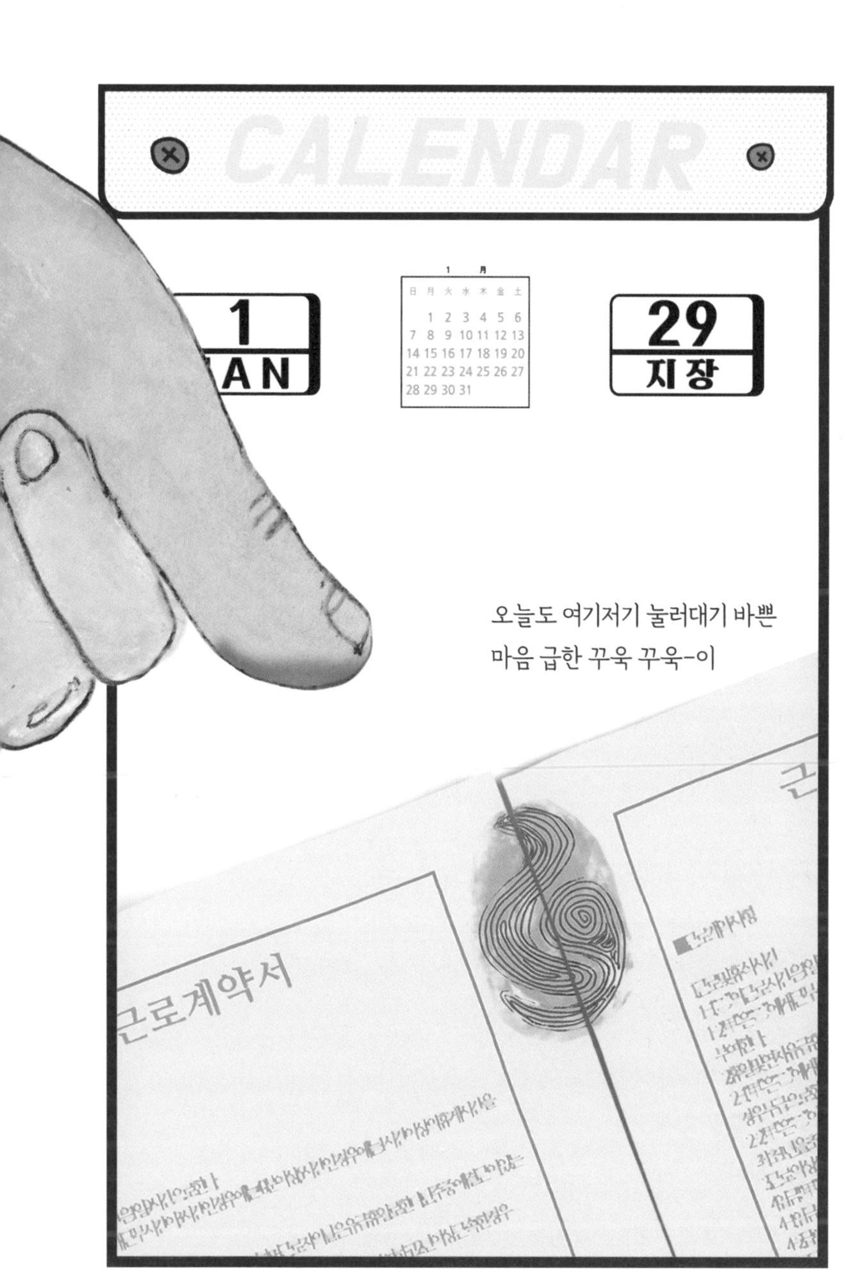

오늘도 여기저기 눌러대기 바쁜
마음 급한 꾸욱 꾸욱-이

•

막연하게만 생각해와서
더욱 갑작스러웠던
아버지의 은퇴.

부모님의 은퇴는
내가 뭔가를 '해드릴 수 있는 때'가 아니라
여전히 '해주세요 하는 때'에 찾아왔다.

자식이 되어서는 퇴직 기념 선물로
새 구두 한 켤레 장만해드리지 못하고,
고작 헌 구두 한 번 닦아드릴 수밖에 없는 당장의 처지가
나는 너무 괴로웠다.

"다녀오세요, 아빠."

다 자란 어린 자식의
말 못 할 속내까지 품어주시듯
어른 아버지가 해주신
마지막 출근 인사,
'오-케이'.

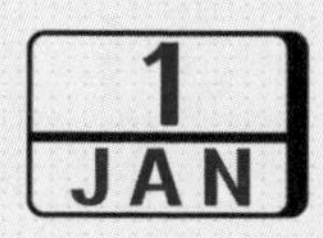

30
은퇴

나의 화려한 성공이 아닌
대견한 완주를 기다리고 계시는

인생의 선배가 보내준
오늘의 응원!

CALENDAR

•

1월이 채 끝나기도 전에

어김없이 또 시작된

'내일부터!'병.

•

하필 오늘 난
점심을 무지하게 잘 먹었고

하필 그 후 난
밥이 잘도 넘어가더냐는 소리를 들으며
호된 욕을 먹어야 했다.

한 소리 듣고 나서야
옷에서 발견한 국물 자국은
손쉽게도 나를 무능하게 만들었고
물로는 잘 지워지지 않는다는 것을 알면서도
신경질적으로 그것을 문질러댔다.

CALENDAR

2 FEB

2 月

日	月	火	水	木	金	土
				1	2	3
4	5	6	7	8	9	10
11	12	13	14	15	16	17
18	19	20	21	22	23	24
25	26	27	28			

1 김칫국물

치열했던 점심시간의 흔적
나이 꽤나 먹어서도 칠칠치 못한

오늘, 2월 1일

MEMO

CALENDAR

2
FEB

2 月

日	月	火	水	木	金	土
				1	2	3
4	5	6	7	8	9	10
11	12	13	14	15	16	17
18	19	20	21	22	23	24
25	26	27	28			

3
쌍기역

•

아무진 깡.

탁월한 끼.

뛰어난 꼴.

'타고난' 쌍기역은 없지만

'꿈'이라는 뜨거운 쌍기역을

가슴속에 품고 있는 오늘.

•

겨울비 내리는 설날 아침.

꼭 설날이어서라기보다 뜨끈한 국물이 생각나는 날씨를 핑계 삼아
나는 분식집에 들러 떡국 한 그릇을 먹기로 했다.
평소에는 손이 가지도 않던 떡국인데
이럴 때 보면 내 입맛은 참 눈치가 없다.

고향에는 내려가지 않기로 했다.
가족들에게 무소식으로 희소식을 전하기로 한 것이다.

별다를 게 없어 보이는 떡국이지만
오늘만큼은 한 술 뜨기가 쉽지 않다.
미련 많은 작년과 새파란 새해가
떡국 속에 어렵사리 휘저어진 느낌 때문일까.

그래도 뜨뜻한 국물 한 모금에 움츠러든 마음이 풀어지길 바라며
부지런히 한 그릇을 비워내본다.
허하던 속이 이제야 좀 추슬러진 듯하다.

이윽고 새해에 먹은 한 살 값을 덤덤히 지불한 후
나는 분식집을 나왔다.
그사이 비는 그치고,
늦겨울 청량한 바람이 얼굴 위로 불어왔다.

CALENDAR

2
FEB

2 月

日	月	火	水	木	金	土
				1	2	3
4	5	6	7	8	9	10
11	12	13	14	15	16	17
18	19	20	21	22	23	24
25	26	27	28			

8
떡국

'아무렇지도 않은 사람'
코스프레를 하고 주문한,
1인분 명절 기분

오늘, 2월 8일

MEMO

아니 한 살 더 먹었다고
빤스에 똥 지리는 것도 아닌데 나이 제한은 왜 하는데?
엄마 아빠한테는 또 뭐라고 해? 연락 기다리실 텐데…
늦어도 다음 주까지는 일을 구해야 하는데, 진짜 어떡하지…
짜증 나! 월세 내는 날은 왜 이렇게 빨리 돌아와?
카드 값 갚는 날은 왜 또 그다음 날이냐고…
아 몰라! 하루 종일 돈 생각만 하니까 진짜 돌겠네
맨날 이런 생각밖에 못 하니까 내 자소서가 그따위인가?
됐어! 자소서가 기발하면 뭐 해? 대학이 어이없다고 하는데…

헉!

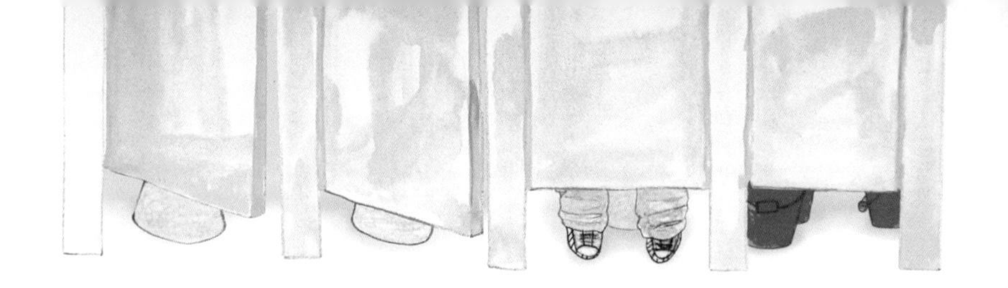

•

공중화장실 안,

지금 내게 주어진 것은

달랑 휴지 한 칸!

모든 걱정들이 일순간 입을 다물며

'앞으로'만이 중요해졌다.

•

1등은
당연히 우승자라서

3등은
다행히 수상자라서

결과에 만족할 이들….

분명 다른 이유이지만
분명 같은 이유로.

제일 행복한 1등

가장 행복한 3등

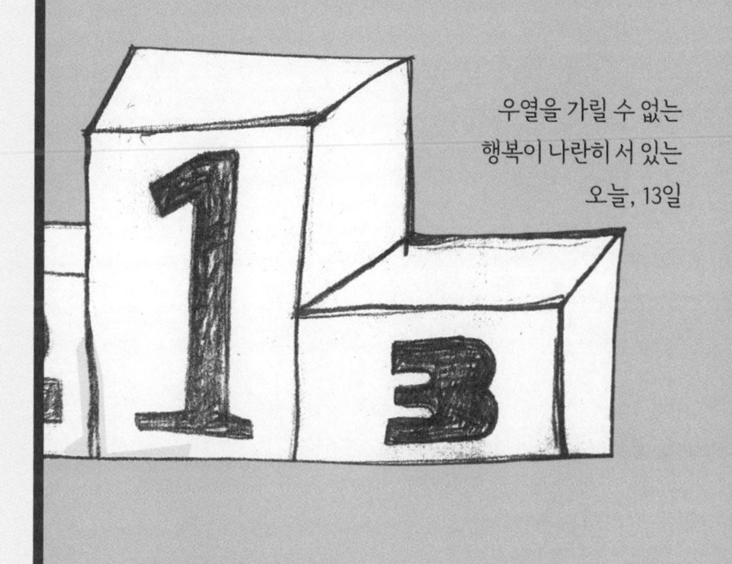

우열을 가릴 수 없는

행복이 나란히 서 있는

오늘, 13일

CALENDAR

2
FEB

日	月	火	水	木	金	土
				1	2	3
4	5	6	7	8	9	10
11	12	13	14	15	16	17
18	19	20	21	22	23	24
25	26	27	28			

14
고백

잡을 듯 말 듯한 손으로
그렇게 한참을 걷다가…

•

나 할 말이 있어,
오늘….

CALENDAR

2 FEB

日	月	火	水	木	金	土
				1	2	3
4	5	6	7	8	9	10
11	12	13	14	15	16	17
18	19	20	21	22	23	24
25	26	27	28			

17 땡처리

다급해진 겨울 점퍼의
헐값 유혹에도 꿈쩍 못 하고

당장의 필요만 메꾸기에도 벅찬
오늘, 2월 17일

•

컴백이 임박한 봄소식에
마음이 조급해진 건
겨울옷만이 아니다.

얼음 땡 놀이를 하다 '얼음'에서 풀려나도
어디로 도망가야 할지
아직 정하지 못한 아이처럼

'땡'처리를 피하고 싶은 건
나나 겨울옷이나 마찬가지.

CALENDAR

2 FEB

일	월	화	수	목	금	토
				1	2	3
4	5	6	7	8	9	10
11	12	13	14	15	16	17
18	19	20	21	22	23	24
25	26	27	28			

22 졸업앨범

떳떳하게 밝힐 수 없는
졸업 이후의 행보에
미소 지을 자신이 없어서

졸업앨범에서 자취를 감춘
오늘, 2월 22일

MEMO

•

조기종영을 통보받은 시청률 낮은 드라마처럼
나의 대학생활은 마지막 회를 온전하게 완성하지 못한 채
불친절하게 끝나버렸다.

서로가 서로에게 미안했는지
아니면 화가 났는지는 모르겠지만
호흡이 잘 맞지 않는 스태프들같이
동기들은 기다렸다는 듯 삽시간에 흩어졌다.

그러고는
몇몇은 멸종 시기를 놓친 공룡처럼 고학번이 되어
또 몇몇은 풍문으로만 생사를 전달하는 방랑자의 모습으로
외로이 졸업장을 피해 다니기만 했다.

그리고 난
호기로웠던 첫 방송을 망친 무능한 감독의 심정으로
학교 근처 포장마차에서 홀로 술잔을 비워내며
'딱 오늘까지만 아쉬워하자'라고,
주정처럼 들리는 혼잣말로
스스로를 위로했다.

CALENDAR

2
FEB

2 月

日	月	火	水	木	金	土
				1	2	3
4	5	6	7	8	9	10
11	12	13	14	15	16	17
18	19	20	21	22	23	24
25	26	27	28			

23
자리

뜨내기 알바생을 위한 자리

그곳에는 민망할 정도로
휑한 '자리'만 있었다

집에서 노트북이라도 가져올걸
오늘, 2월 23일

•

나이가 궁금해지는 온갖 피규어 자랑질에
두뇌 건강을 위한다지만
실은 심심한 입을 위한 견과류 봉지,
아담한 생수병이 뒤집어져 있는
철저히 자기만을 위한 미니 가습기,
전기 빨아먹기 바쁜 온갖 충전기와
색색의 볼펜, 집게 들.

자기 취향을 적나라하게 드러내는
개성 강한 사무실 책상들 사이에서
나는 왠지 치사한 마음이 들어
자리에 아무것도 꺼내지 않았다.

알바생인 내 주제를 나도 잘 알고 있다는 걸
정규직들에게 보이고 싶었는지도.

조금 전에 쓴 양치 도구를 책상 위에 올려두지 않고
가방 안에 집어넣으며
그 틈에 감춰둔 미련이 빠져나오지 못하도록
지퍼를 꽁꽁 잠갔다.

CALENDAR

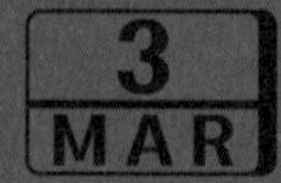

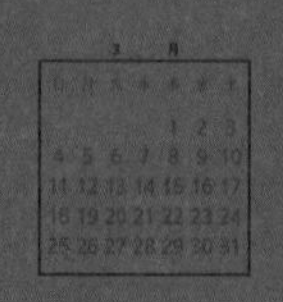

Shift키의 도움 없이도
홀로 등장할 수 있는 1을

!가 얼마나 부러워하는지
1은 알까?

내 삶에 대한
독립 만세를 외치고 싶은
오늘, 3월 1일

•

기억 없는

첫 걸음마의 성공을

오늘의 힘찬 걸음으로

확인하듯

기약 없는

홀로서기의 성공도

오늘의 힘찬 걸음으로

확신하길!

•

없어도 되는 것이지만
당장은 갖고 싶다.

가능성을 말하기에도
실력이 다소 민망하다.

아쉬워하기에는
노력한 게 너무 없다.

그런데도 하나같이
너무나 간절한
이것!

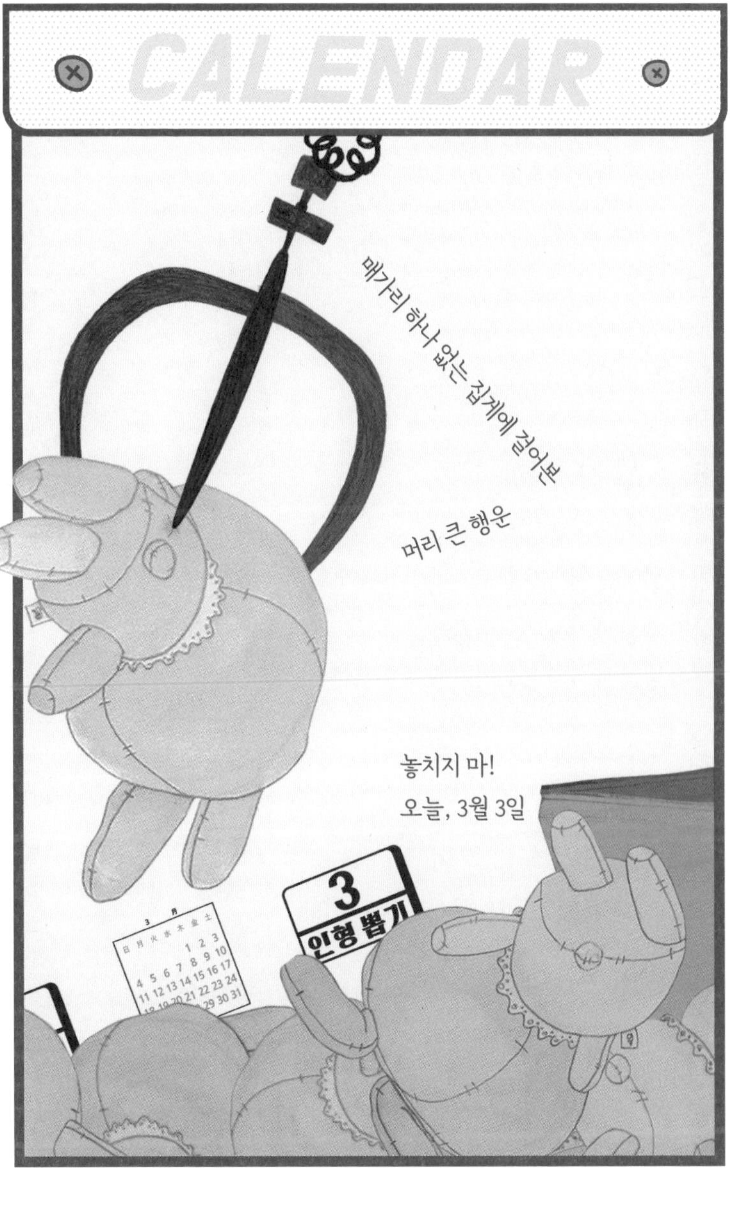

CALENDAR

매가리 하나 없는 집게에 걸어본

머리 큰 행운

놓치지 마!
오늘, 3월 3일

•

턱이 높아서,
문이 없어서,
문이 닫혀서

안으로 들어갈 수 없다면…

턱이 낮아질 때까지 참고,
문이 생길 때까지 기다리고,
문이 열릴 때까지 두드리면 되지 않을까.

이제는
'열린 문'이 된
3월 4일

CALENDAR

3 月

日	月	火	水	木	金	土
				1	2	3
4	5	6	7	8	9	10
11	12	13	14	15	16	17
18	19	20	21	22	23	24
25	26	27	28	29	30	31

5
클릭

그냥 클릭 한 번 했을 뿐인데…

MEMO

함부로 '예' 하지 마세요

오늘, 3월 5일

•

별생각 없이 벌인 일이
별일이 되어 돌아올 때가 있다.

성공하면 “잘 시도했네”라고 하겠지만
실패하면 “왜 저질렀니”라고 하게 되는
그날, 그때, 그곳에서의 선택들.

오류가 되어 돌아온 일을 하나둘 떠올려보다…
쓰잘데기 없는 자책은 이제 그만
OFF!!!

•

수능 이후에는 점수 배치표에 맞추어
다닐 대학을 찾더니

지금은 채용공고에 맞추어
먹고살 직업을 찾는다.

막장드라마보다 더 개연성 없는,
잃어버린 것도 없이
여태 찾아 헤매고만 있는

오, 나의 인생이여!

CALENDAR

3
MAR

3 月

日	月	火	水	木	金	土
				1	2	3
4	5	6	7	8	9	10
11	12	13	14	15	16	17
18	19	20	21	22	23	24
25	26	27	28	29	30	31

7
지원분야

숫자 모집에는
'일곱'이 되고

1 2 3 4 5 6

한글 모집에는
'기역'이 되는

채용공고에 따라 맞춰지는
나의 지원분야

•

"언니!"

3일 전, 간단한 통성명을 마치고

인사 정도만 건네게 된 학원 동생이었다.

이름을 물어보는 듯하면서도, 실은 나이를 궁금해하고

취업 준비기간을 가늠해보며 결론은 자기 위안으로 끝나는

이곳에서의 자기소개를 치르고 나니

한결 홀가분하기도 하고

한편으론 부담스럽기도 하다.

"저 지금 학원 들어가기 전에 요구르트 사 먹으러 갈 건데,

같이 안 갈래요 언니?"

"…응? 그래!"

"언니, 저 논술 때문에 미치겠어요!
진짜 글 쓰는 게 너무 어려워요.
아 그리고 언니, 우리 강사님 또 바뀐대요!"

요구르트를 쪽쪽 빨아대면서도
쉬지 않고 재잘거리는 동생을 보니
슬쩍 후회가 밀려오기도 한다.
굳이 예민하게 경계했어야 했나, 하는….

쉬운 충고도 위로도
상처받지 않기 위해 사양하는 이 시기에
'사람'이란 일단 피할 수 있는 데까지
피해야 하는 대상이라고 여겼으니까.

그러나 나 역시도
이런 자잘한 수다와 터무니없는 소문,
가벼운 뒷담화를 반가워하는 '사람'인지라
사소하면서도 인정이 느껴지는 동생의 첫인사를
냉담하게 못 들은 체할 수만도 없었던 것이다.

머지않아 시답잖게 될 이야기가
어정쩡하게 남았을 때쯤
우리는 학원에 나나랐고,
나는 채 다 마시지 못한 요구르트를 들고
습관처럼 말없이 강의실로 달려 들어갔다.

CALENDAR

3
MAR

日	月	火	水	木	金	土
				1	2	3
4	5	6	7	8	9	10
11	12	13	14	15	16	17
18	19	20	21	22	23	24
25	26	27	28	29	30	31

8
뒤통수

온종일 같이 있지만
함께 있지는 않은

뒤통수로만 알아보는
우리, 사이

안 친한 오늘, 3월 8일

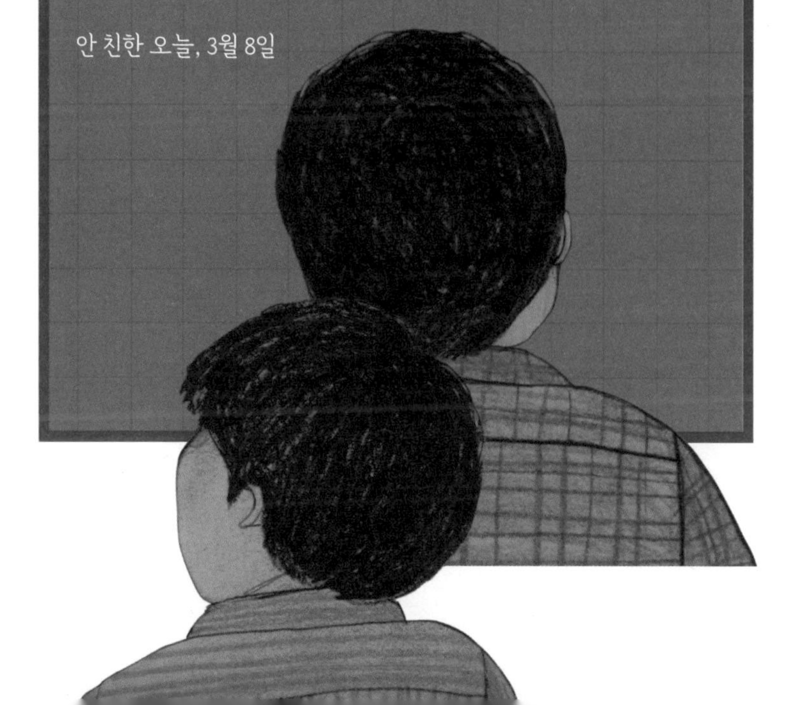

•

충고랍시고 해주신 이야기는
잘 듣고 갑니다.
왜냐면 근사한 밥을 사주셨으니까요.

그러나 한 끼 식사 값과 제 감정 노동을 생각하면
저도 남는 장사는 아닌 듯합니다.

그나저나 제 부모 말도 안 듣는 제가,
당신 말이라고 해서
들을까요?

할 줄 아는 게 하나도 없나고 생각했는데
제가 이렇게 리액션에 소질이 있을 줄이야!
아! 상대방의 콧등만 보면서
대화가 가능하다는 새로운 사실도 발견했습니다.
다음에도 써먹어봐야겠네요.

어쨌든 충고랍시고 해주신 이야기는
서둘러 듣고 갑니다.
왜냐면 제 자취방으로 돌아가서
라면이나 끓여 먹을 생각이거든요.

CALENDAR

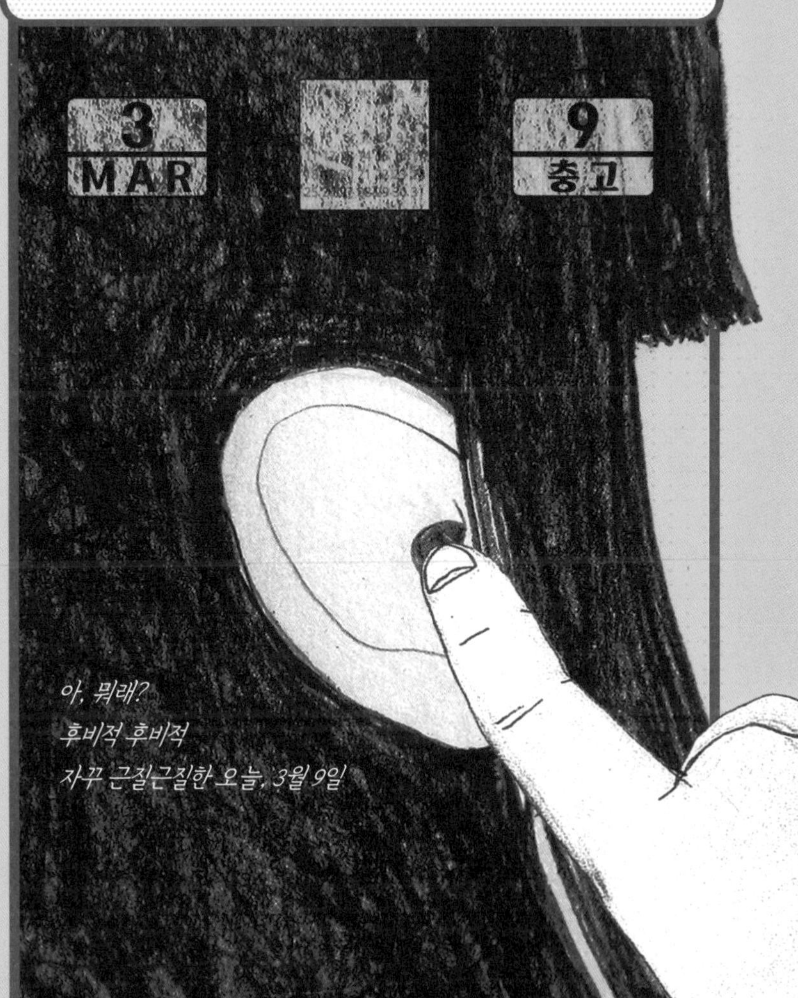

CALENDAR

10
지우개 똥

지우개 똥이라니!!!

쓰라고 있는 연필 머리는 손도 안 대고
얼마 있지도 않은 꽁다리만 열나게 써놓고선
이제 와선 나더러 똥이라고!

머리 쓸 줄 몰랐던 오늘,

3월 10일

CALENDAR

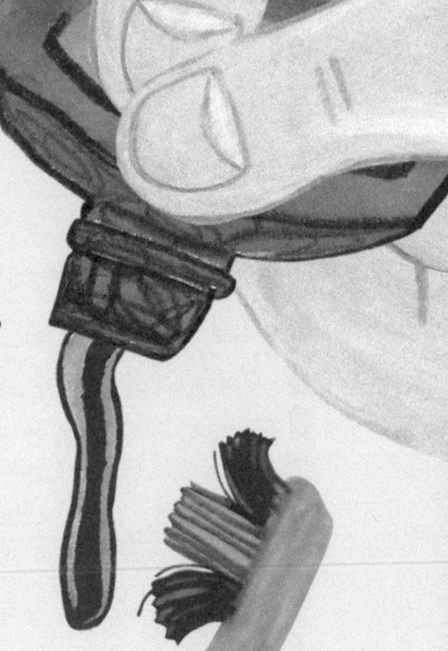

아까 낮에
쏘아붙였어야 했던 말들은
왜 꼭 밤에만 떠오르는 거야?

오늘도 잠자기 전,
분노의 치카치카

엄한 곳에 화풀이하다
그새 벌어진
오늘, 3월 13일

CALENDAR

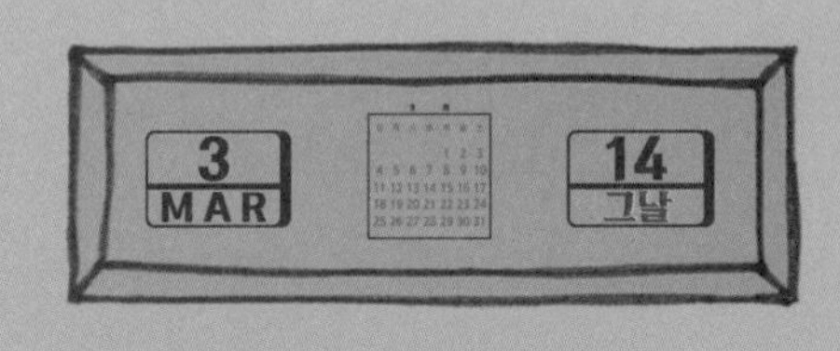

알아주기를 바라면서도
모르기를 바라는

내가 먼저 낸 용기

그냥 보내버리면
후회할 것 같은 오늘, 3월 14일

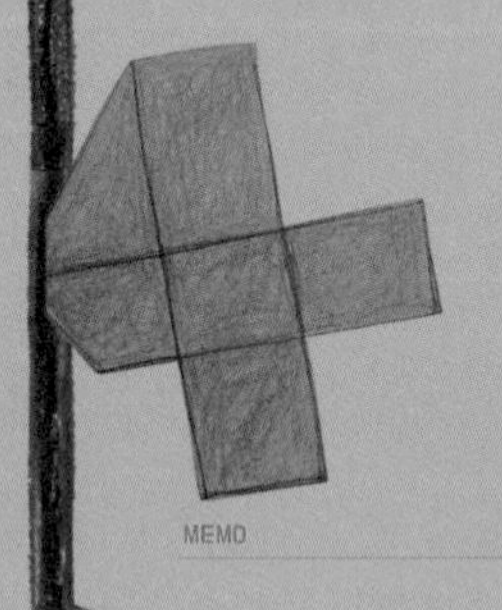

MEMO

•

"나는 네가 좋은데…
너는 내가 좋아?"

떨리는 속내를 감추지 못한 듯
'너도'가 아니라
'너는'이라며
조심스러운 조사로 내게 물어왔다.

고백 외에는 다른 말이 없었던
그날,
그 사람….

•

넋 놓고 보게 만드는
프로의 빠른 손놀림에
주눅 들지 말기를.

미숙함이 익숙함이 될 때까지,
익숙함이 노련함이 될 때까지.

여문 손이 되기 위해 숱하게 매달린
어리숙한 시간들이
지금은 보이지 않는 것일 뿐.

CALENDAR

3 MAR

23 프로

찾아보려고 하지만
매번 놓치고 마는
프로들의 빈틈

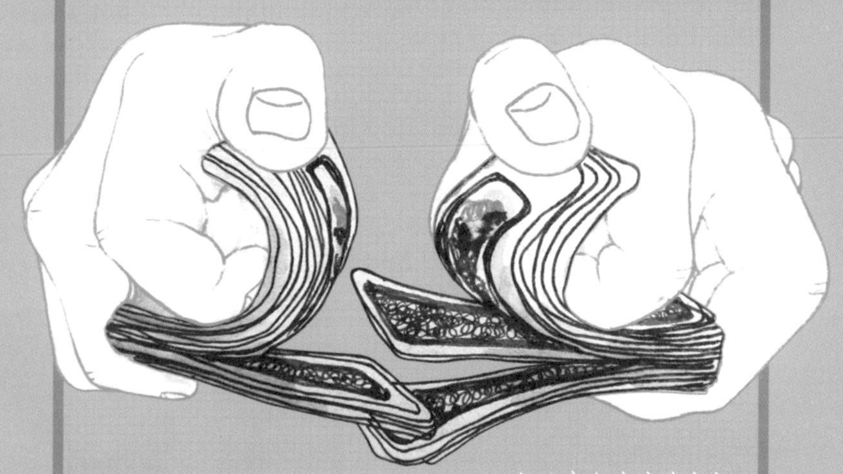

눈보다 손이 더 빨랐던
오늘, 3월 23일

•

언제부터인가 나보다 나이 어린 선생님이 생겼다.
그래서 '선생님'의 정의를 달리할 필요가 있었다.

나보다 먼저 산 사람들이 아니라,
나보다 먼저 '앞가림'을 한 사람들이라고….

쓸데없이 머리만 커졌을 뿐
발육 속도가 남다르게 더딘 난,
오늘도 여전히 배우고 있다.

CALENDAR

3
MAR

3 月

日	月	火	水	木	金	土
				1	2	3
4	5	6	7	8	9	10
11	12	13	14	15	16	17
18	19	20	21	22	23	24
25	26	27	28	29	30	31

26
주민번호 앞자리

어느새
이곳에 '계시면' 안 되는 숫자가 되어버려서
고사장 책상 모서리 끝에서 심하게 민망해하는

내 민증 속 앞자리의 오늘,
3월 26일

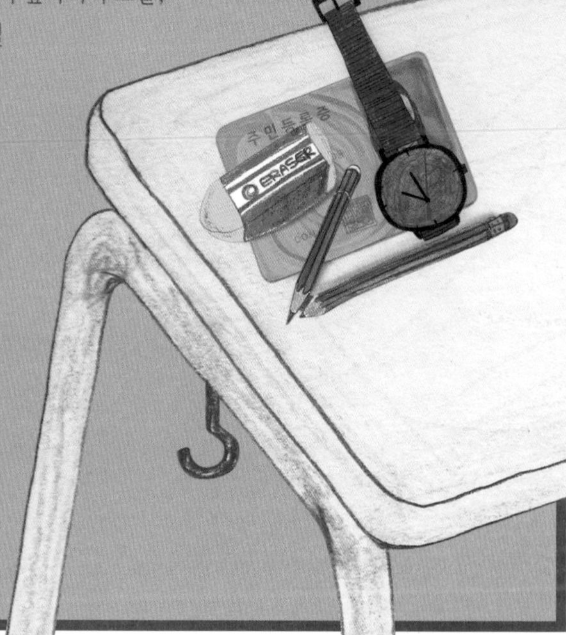

•

국위 선양은 일찍이 포기하고
여행마저 사치라 단념하는 동안
방 한편에서 글로벌한 무늬의 벽지가 되어버린
나의 오래된 세계지도.

이제는 이사나 가야
눈에 한번 띌까….

어린 시절,
집집마다 하나씩 가지고 있었던

오대양 육대주
세계지도!

4
APR

4 月

日	月	火	水	木	金	土
1	2	3	4	5	6	7
8	9	10	11	12	13	14
15	16	17	18	19	20	21
22	23	24	25	26	27	28
29	30					

月
MON

야박한 월셋날이

버거운 청춘들의 오늘

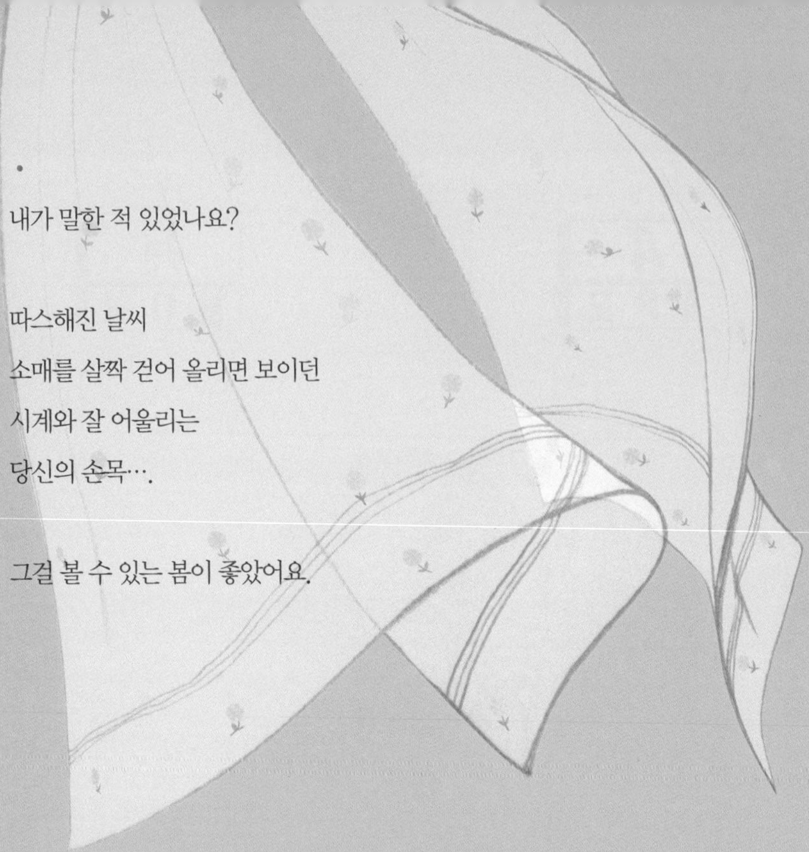

•

내가 말한 적 있었나요?

따스해진 날씨
소매를 살짝 걷어 올리면 보이던
시계와 잘 어울리는
당신의 손목….

그걸 볼 수 있는 봄이 좋았어요.

이 계절 안에 오롯이 담겨 있는
추억할 것보다 기억할 게 더 많은
그때, 우리만의 시간.

오늘 난
용기 있게 안부를 물어볼 생각이에요.

…잘 지내요?
그 봄이 왔어요!

CALENDAR

4 APR

3 봄

바람이 넘긴 책장에
지나간 페이지가 다시 펼쳐졌다

마음이 머무른 오늘,
4월 3일

CALENDAR

4
APR

4 月

日	月	火	水	木	金	土
1	2	3	4	5	6	7
8	9	10	11	12	13	14
15	16	17	18	19	20	21
22	23	24	25	26	27	28
29	30					

9
돼지털

꼬불꼬불

내가 품은
불안들이 솟아오르다

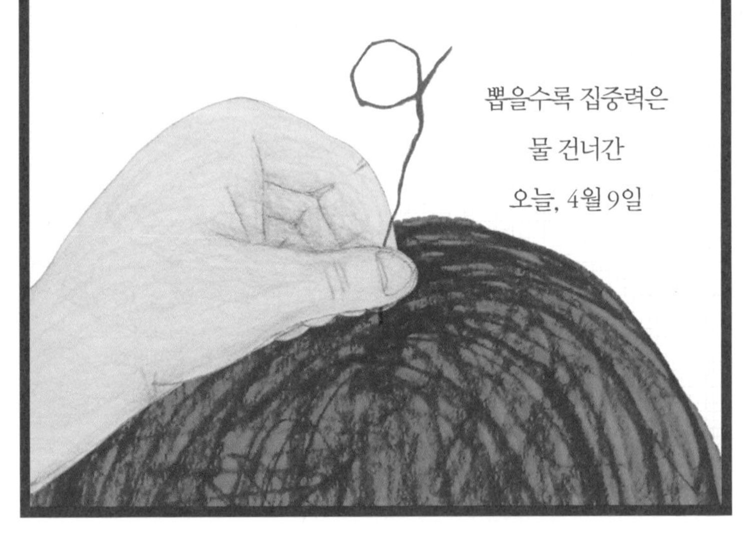

뽑을수록 집중력은
물 건너간
오늘, 4월 9일

4
APR

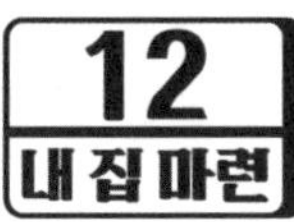

까치에게도 절실한
'내 집 만들기'

내 집 마련을 위해
가지가지 하는
오늘, 4월 12일

MEMO

•

면접일 아침
모처럼 멋이라는 것을 내보려다

고데기가 만들어낸
과도한 볼륨으로 인해
의욕만 앞선 모습을
들키고 말았다.

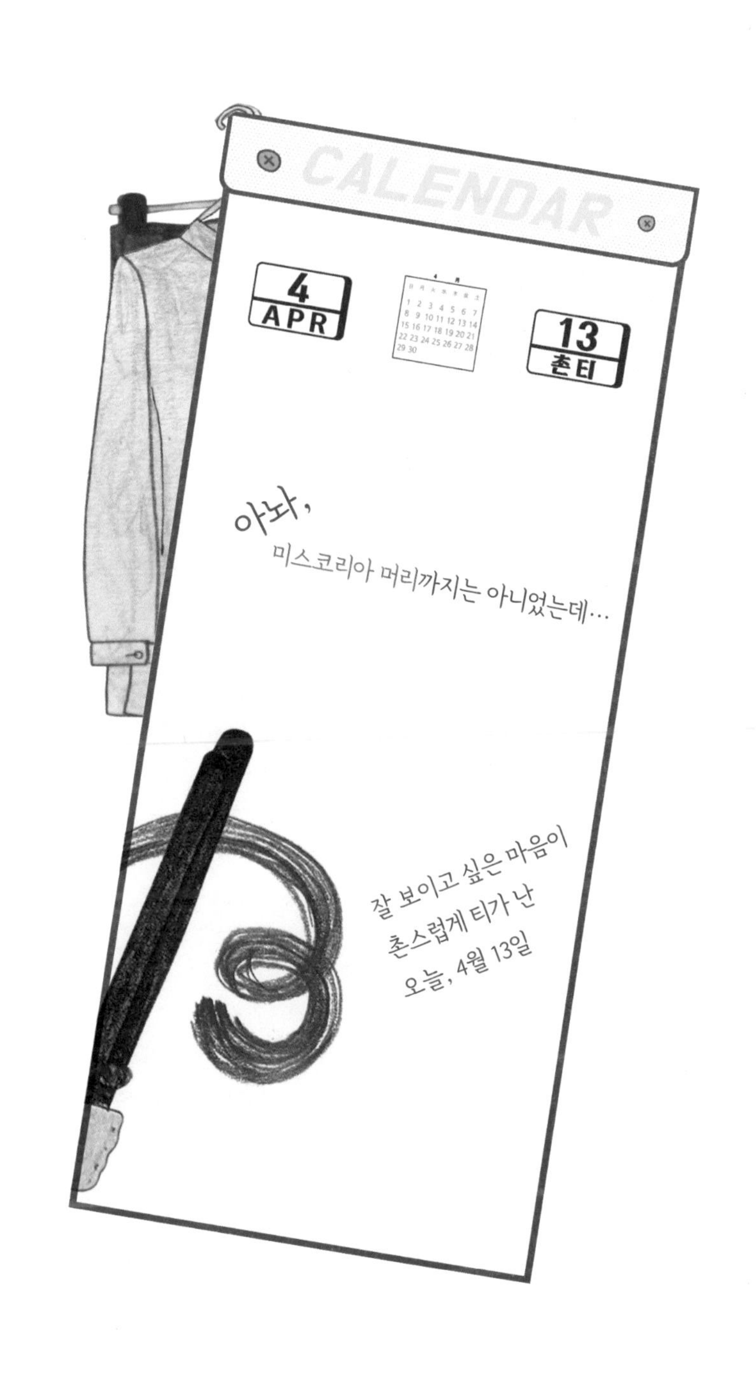
CALENDAR
4
APR
13
촌티
아놔,
미스코리아 머리까지는 아니었는데…
잘 보이고 싶은 마음이
촌스럽게 티가 난
오늘, 4월 13일

CALENDAR

4
APR

4 月

日	月	火	水	木	金	土
1	2	3	4	5	6	7
8	9	10	11	12	13	14
15	16	17	18	19	20	21
22	23	24	25	26	27	28
29	30					

14
못난이

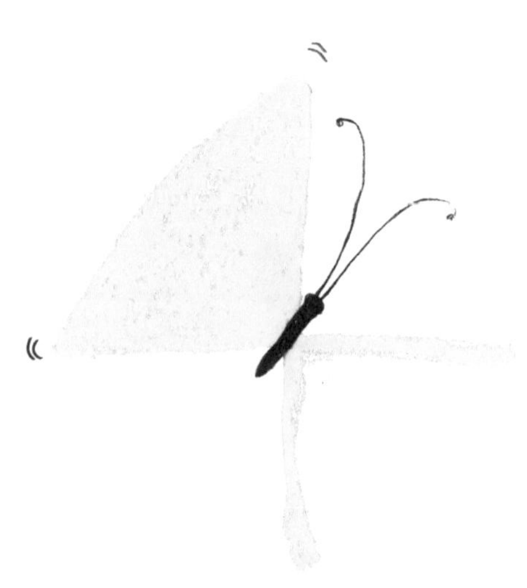

봄이 왔다는 걸 알지만,
한쪽 날개만으로는 날 수 없어서…

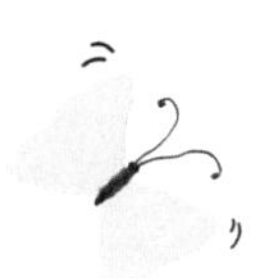

•

못 날아본 이
못 난 이
못 난 이
…못난이
난….

•

내가 사는 꼴을 빨랫대에 널어놓고 보니
문득 떠오르는 것이 있다.

바쁘다는 핑계로
여태껏 표백시키지 못한

오해,
착각,
실수,
틀리지 않았다고 자신한
그때의 오만들….

쿰쿰한 빨래 더미에서
찾아 꺼내어,
바람에 말리고 싶은 단어들이
아직 그 속에 있다.

일기장에도
차마 털어놓지 못한

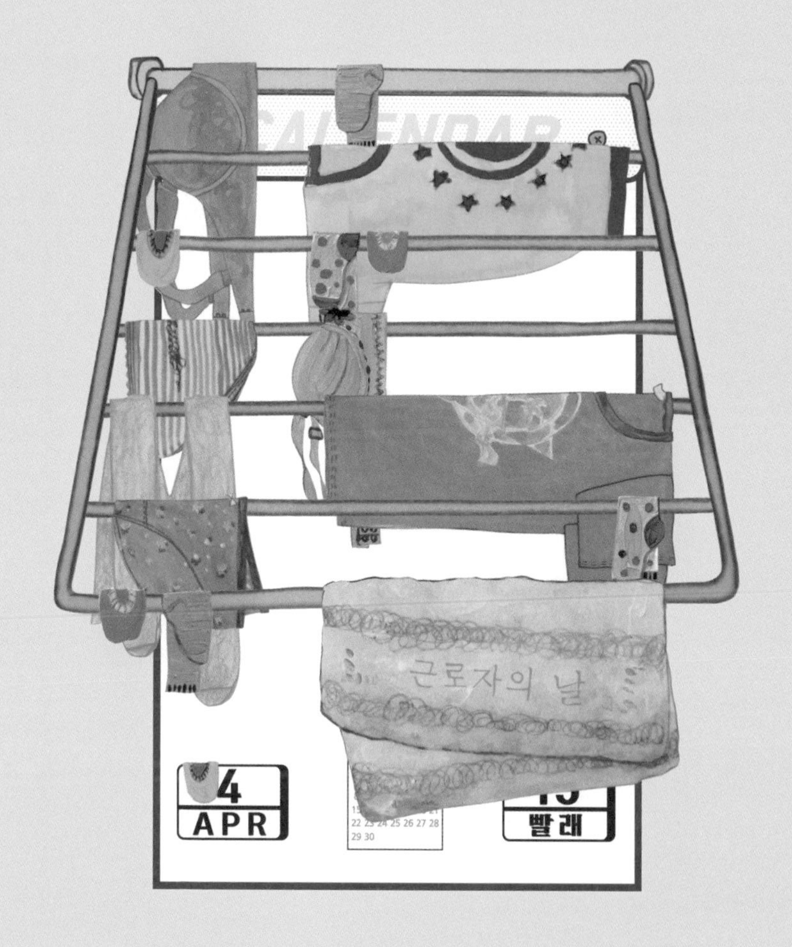

내 어쭙잖은 속사정이
그대로 드러나버린 오늘,
4월 15일

CALENDAR

4
APR

4 月

日	月	火	水	木	金	土
1	2	3	4	5	6	7
8	9	10	11	12	13	14
15	16	17	18	19	20	21
22	23	24	25	26	27	28
29	30					

17
통과의례

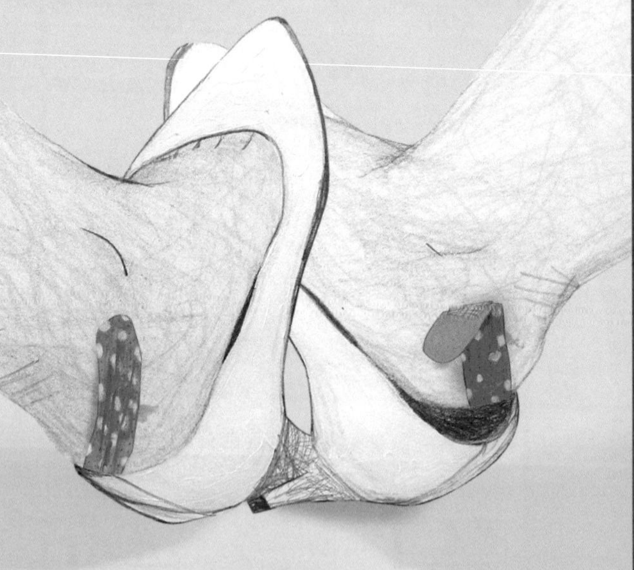

새것과 친해지기 전,

통과의례

MEMO

•

견뎌내야 하는 시간들이

있다.

아프고 외롭고 억울한 가운데

더디게 굳은살이 박일 때쯤이면

이겨낸 시간들이

비로소 있다.

•

봄의 시간이 얼마 남지 않았다는 걸
직감적으로 깨달으며
화사했던 생(生)이 시들어갈 때쯤

민들레는 홀로
마지막 홀씨를 피웠다.

"지지 않는 꽃이라
언제나 의외의 곳에서
'다음'을 준비하지."

CALENDAR
4
APR
19
민들레
따스한 솜털을 품은
바람에게 물었더니,
돌아온 대답.
오늘, 4월 19일

컴컴한 시간 속 견뎌내려고
빛바래게 닫아둔 마음에
행여 고운 물들까 봐…

MEMO

차마 눈 뜨고 못 보는
올해 꽃구경

사람들은
봄에 핀 꽃을 보면
기쁨을 느끼고

시련 끝에 핀 꽃을 보면
희망을 느낀다.

누군가의 희망이 되고 싶은
당신이기에…

내년에는
반드시
핀다.

CALENDAR

5
MAY

5 月

日	月	火	水	木	金	土
		1	2	3	4	5
6	7	8	9	10	11	12
13	14	15	16	17	18	19
20	21	22	23	24	25	26
27	28	29	30	31		

1
쓰레기봉투

꽉꽉 채워 버린
앞길이 구만 리터
쓰레기봉투
오늘, 5월 1일

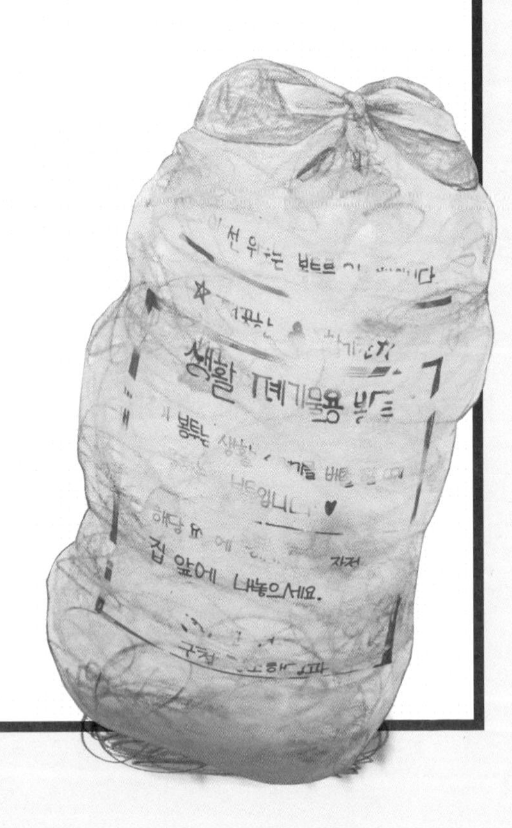

•

없는 살림에도
정기적으로 버릴 게 생겨나다니
희한하기도 하지.

웬만한 건 다 재미나고

웬만한 건 다 용서되고

웬만한 건 다 살맛 나는

어른이들의 어린이날!

CALENDAR

5
MAY

日	月	火	水	木	金	土
		1	2	3	4	5
6	7	8	9	10	11	12
13	14	15	16	17	18	19
20	21	22	23	24	25	26
27	28	29	30	31		

6
쪽잠

이미
내 것이 아닌 팔

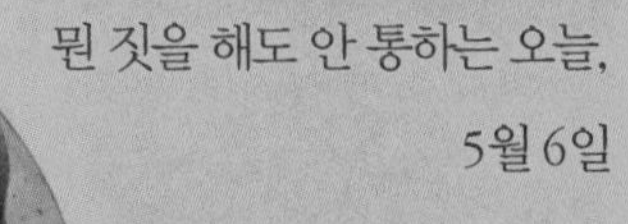

뭘 짓을 해도 안 통하는 오늘,
5월 6일

MEMO

•

잠깐 머리 좀 식히자 해놓고
끝까지 다 봐버린 '미드' 시리즈로,

다이어트로 참고 참다
결국 터져버린 폭식으로,

잔뜩 기대하고 나갔지만
온종일 연락 없는 면접으로

인생이 와르르 무너진 것 같겠지만….

오해하지 마,
무너진 건 겨우
'하루'였어.

CALENDAR

5
MAY

5 月

日	月	火	水	木	金	土
		1	2	3	4	5
6	7	8	9	10	11	12
13	14	15	16	17	18	19
20	21	22	23	24	25	26
27	28	29	30	31		

7
한순간

고작 '하나'
빠진 일에

무려 '전체'를
무너뜨릴 순 없잖아?

모든 게 한순간 같은
오늘, 5월 7일

CALENDAR

5 MAY

8 어버이날

가슴속에 가득한

'고마워요'라는 말보다

머릿속에 가득한

'죄송해요'라는 말만

하게 되는…

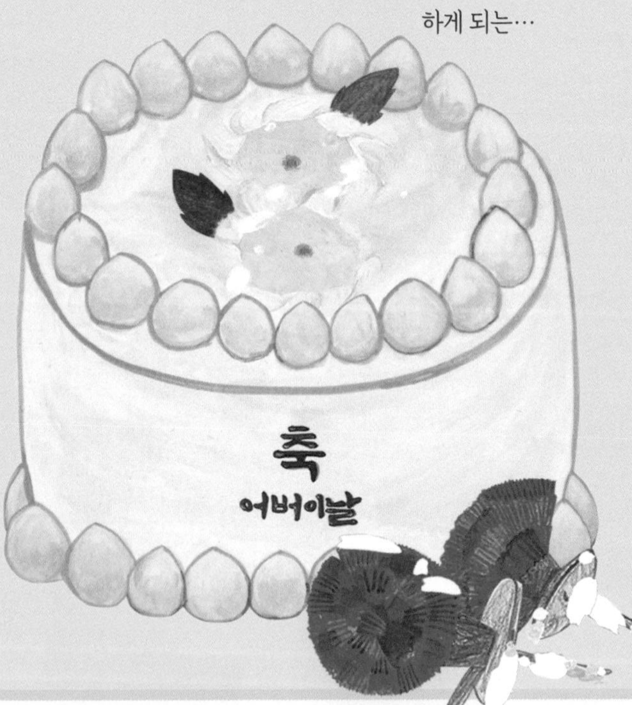

•

마음 무거운 꽃이 피었습니다.

오늘, 어버이날

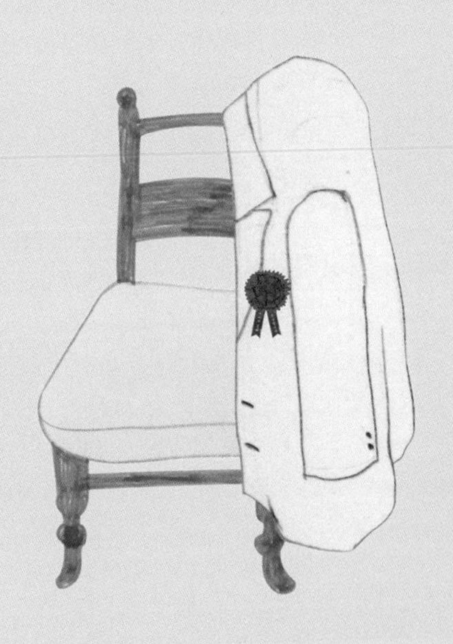

•

"잘 지내?"

"요즘 뭐하고 지내?"

가벼운 말풍선 안을 채우기에는
지나치게 심각하고,
커다란 빈칸 속을 메꾸기에는
너무나 보잘것없는.

창의적으로 답할 자신 없는
주관식 물음에
일찌감치 덮어버린
내 근황의 답안지.

CALENDAR

5
MAY
日 月 火 水 木 金 土
1 2 3 4 5
6 7 8 9 10 11 12
13 14 15 16 17 18 19
20 21 22 23 24 25 26
27 28 29 30 31
9
...
요즘 뭐해?
뭐하고 지내? 시험은?
얼마 받고 일해?
어떻게 지내? 언제 한 번 볼까? 뭐하고 살아?
할 말도…
할 일도 없는
오늘, 5월 9일
• • •

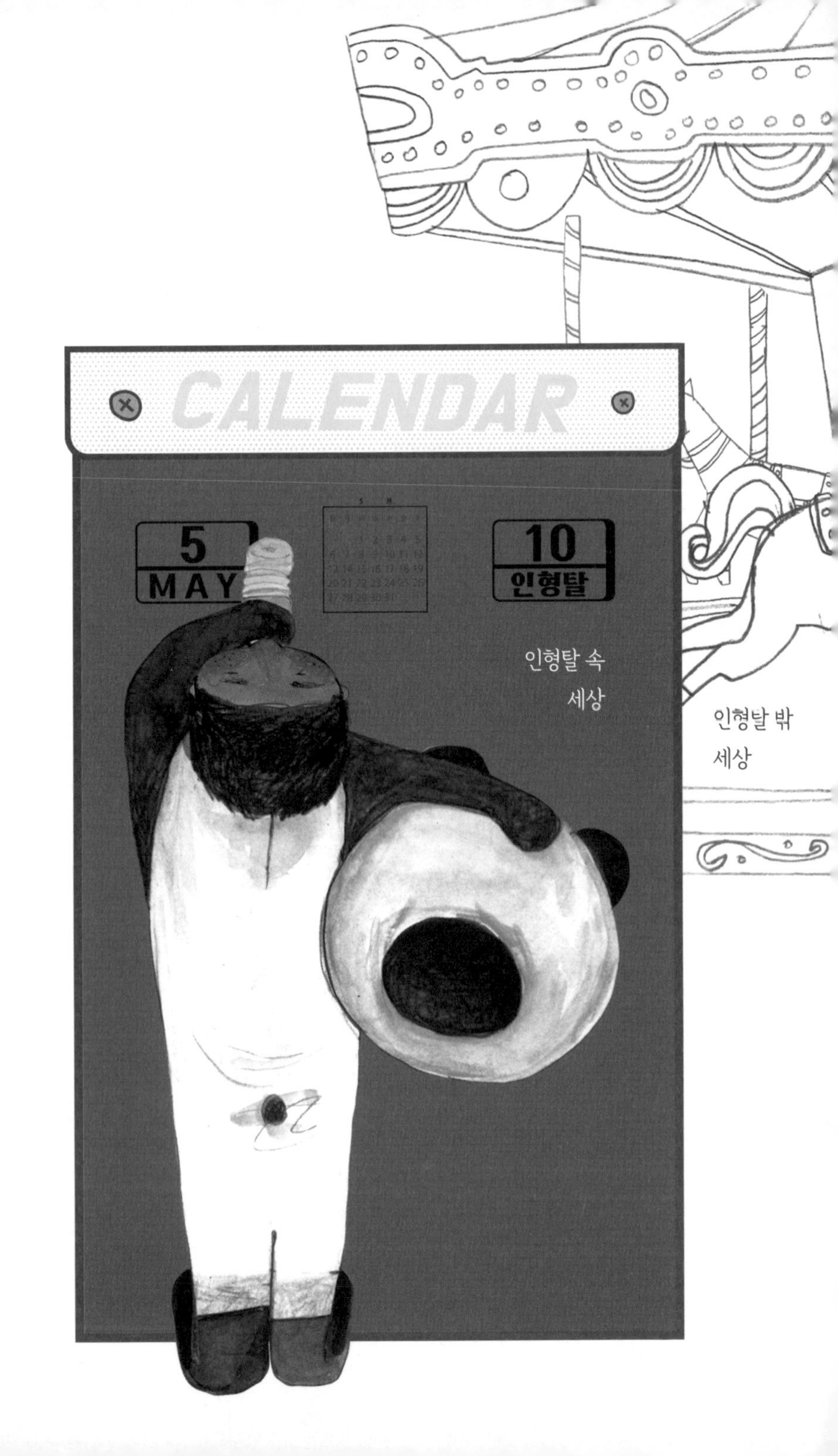
CALENDAR
5
MAY
10
인형탈
인형탈 속
세상
인형탈 밖
세상

둘로 나누어진

내가 입장한

모험과 신비의 나라.

•

3개월,

6개월,

1년….

금세 자리를 떠야 하는

계약직 신분으로는

풍월을 읊을 시간조차 허락되지 않는걸.

CALENDAR

5
MAY

5 月

日	月	火	水	木	金	土
		1	2	3	4	5
6	7	8	9	10	11	12
13	14	15	16	17	18	19
20	21	22	23	24	25	26
27	28	29	30	31		

14
서당개

서당 개의 3년 차 경력이
부럽기만 한 오늘,
5월 14일

MEMO

CALENDAR
5
MAY
15
스승의 날
내 장래희망이
'오랜 학생'은
아니었는데…

선생님께는 죄송하지만

전화로만 감사 인사를 드리고 싶은 오늘,

스승의 날.

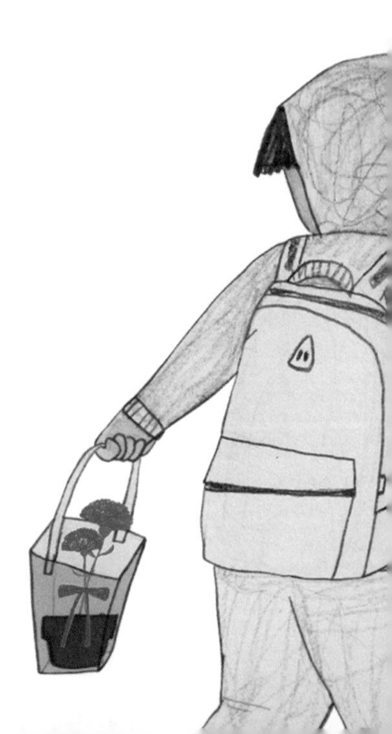

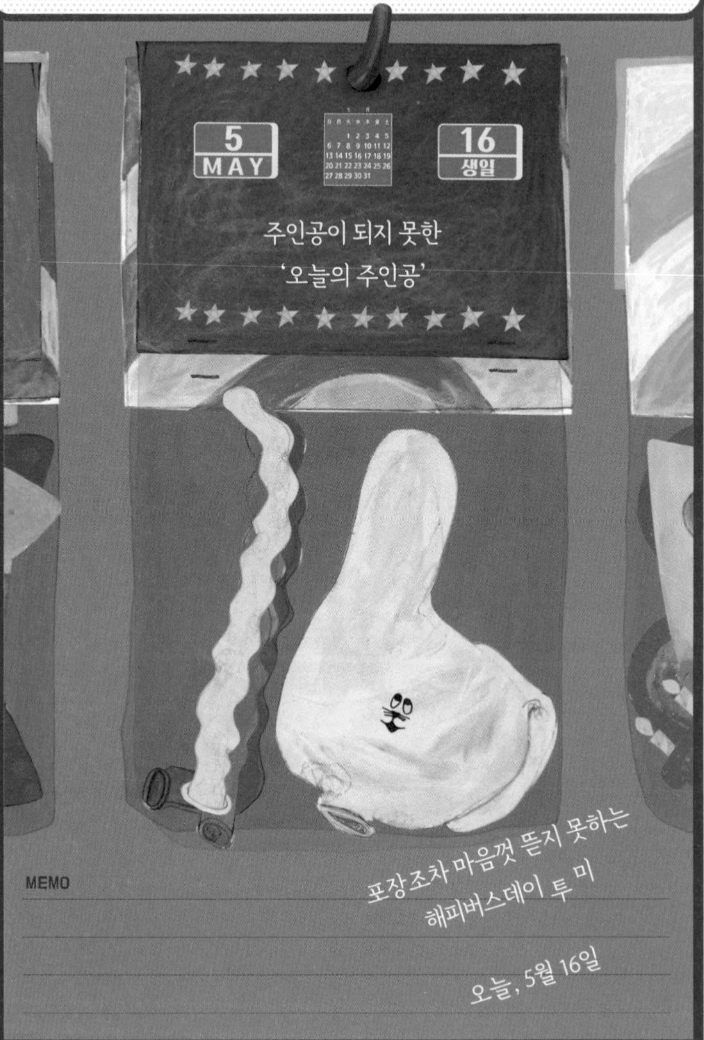
CALENDAR
5
MAY
16
생일
주인공이 되지 못한
'오늘의 주인공'
MEMO
포장조차 마음껏 뜯지 못하는
해피버스데이 투 미
오늘, 5월 16일

아침에 엄마 아빠에게서 받은 생일 축하 인사가
오래전 일처럼 아득하게 느껴진다.

딱 한 번 방문한 적 있는
안경점에서 보내온 기념일 축하 메시지 외에는
조용하기만 한 휴대폰.

입에 발린 인사인 것 같아
친구들의 생일을 애써 챙기지 않았던 게
실은 자기기만이었을지도 모른다는….

불현듯
나, 너무 외롭다….

•

늘 싹싹해야 하고
앉아 있는 꼴을 들키면 안 되고
오래 일할 사람처럼 진득하게 보여야 하고
주말에 대타로 불릴 것을 대비해
이성에게 인기는 없을수록 좋고
주인이 아님에도 주인의식을 가져야 하고
손님이 없는 것을 내 탓으로 여겨야 하고
2주 전부터 미리 말씀드린 휴가에도
하루 전날까지 유감을 표해야 하고
급여를 떼이지 않고 받는 것만으로도
성은이 망극해야 하는

10분 정도는 일찍 출근해야 하지만
10분 정도는 늦게 퇴근할 수도 있는

딱 시급 수준으로 보내는 내 일상에
가끔 너무 미안한 마음.

CALENDAR

5
MAY

5 月

日	月	火	水	木	金	土
		1	2	3	4	5
6	7	8	9	10	11	12
13	14	15	16	17	18	19
20	21	22	23	24	25	26
27	28	29	30	31		

18
알바

빈 접시 위에 남겨져 있는
상한 나의 자존심

“치워드려도 될까요?”
오늘, 5월 18일

MEMO

5
MAY

23

어느새,

초여름

거울을 보지 않고도
밝게 웃고 있는 내가 보인다.

전망 좋은 오늘,
5월 23일

컴컴한 내 현실을
들고 가도
'자리를 빛내'줄 수 있을까

•

친구야,

네가 결혼이라는 현실을 선택할 때

나는 합격이라는 비현실을 꿈꾸고 있었지.

축의금으로 얼마를 내야 할지를 두고

너와의 친밀도를 계산하는 나에게 놀라기도 하고

예식장에 어떤 옷을 입고 갈지 고민하느라

머리를 싸매야 할 정도였지만

인생의 답이 될 수는 없어도

답을 줄 수는 있는

너의 새로운 시작의 날,

나는 가장 아끼는 내 하루를

오늘의 너에게

선물할 생각이야.

결혼 축하해!

CALENDAR
26
버스킹
AY
대롱~
대롱~
MEMO
하루도 쉬지 않고 펼쳐지는
가방에 달린 인형들의
안쓰러운 버스킹 공연!

•

저걸 다 볼 수 있을까 의심받지만
정말 다 보고 있는
두꺼운 책들이 가득 담긴
내 버거운 가방.

자잘한 소음에도 민감한 독서실만
찾아다녀야 하는
어제와 다를 바 없는
내 단출한 동선.

단 한 번도 '마음껏'이라는 게 허락되지 않아
그간 마음 고생한 티가 너무 나는 오늘.

CALENDAR

5
MAY

5 月

日	月	火	水	木	金	土
		1	2	3	4	5
6	7	8	9	10	11	12
13	14	15	16	17	18	19
20	21	22	23	24	25	26
27	28	29	30	31		

27
담쟁이 넝쿨

그냥 딱…

담 높이까지만
오르면 안 될까?

오늘, 5월 27일

•

바득바득
더는 기 쓰고 싶지 않은 날.

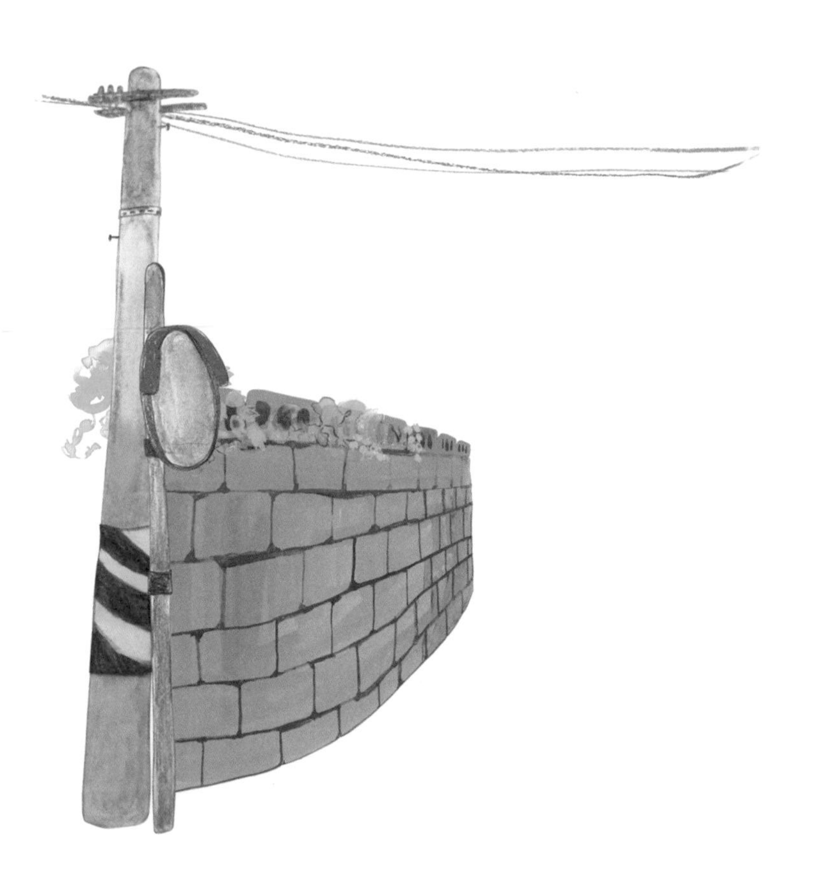

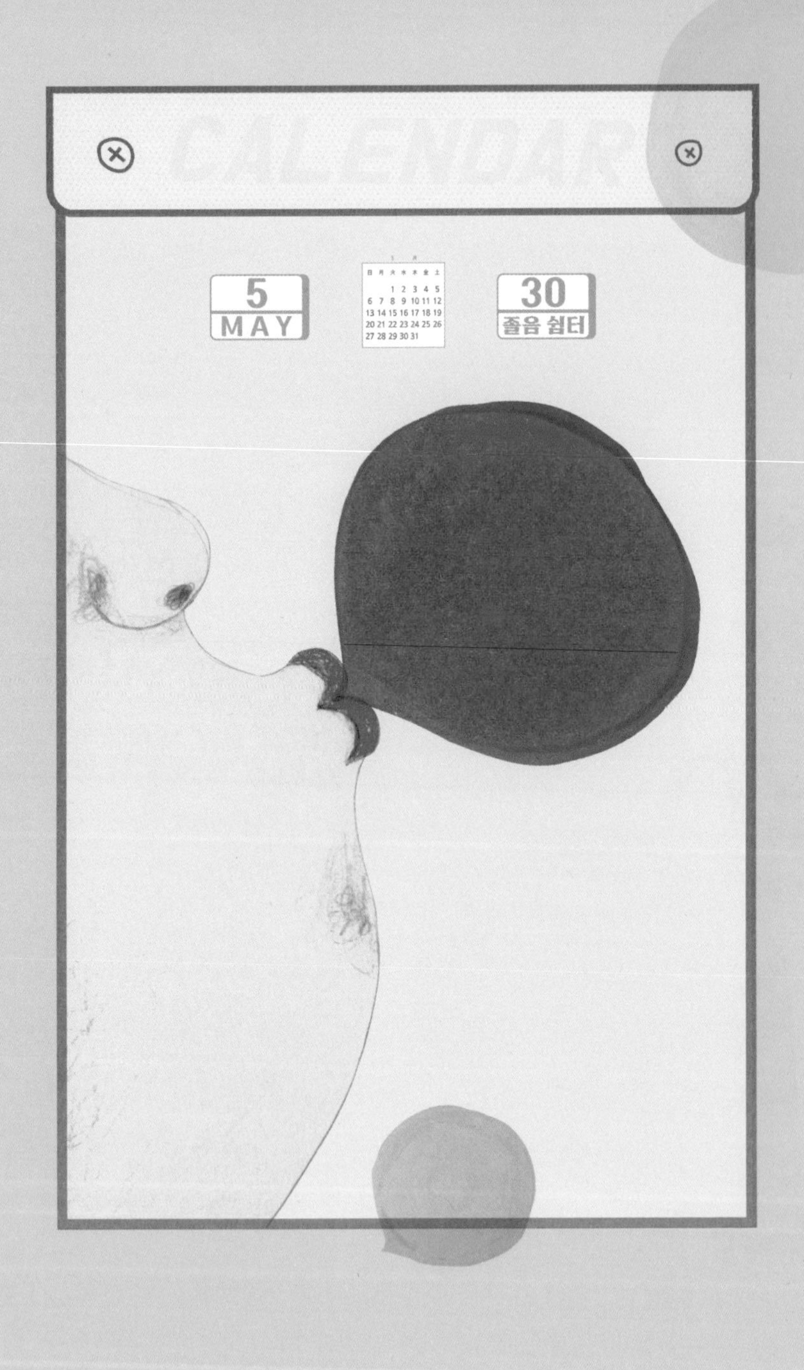
CALENDAR
5
MAY
5 月
日 月 火 水 木 金 土
1 2 3 4 5
6 7 8 9 10 11 12
13 14 15 16 17 18 19
20 21 22 23 24 25 26
27 28 29 30 31
30
좋음 쉼터

•

쌩-쌩- 타인의 스피드에 놀라 불안해하지 말기.

그럴듯한 생각을 떠올리려고 애쓰지 말기.

멈춘 자리에서 숨 한번 크게 돌리기.

쏟아지는 졸음에 그냥 순응해보기.

단, 너무 오래 머물러 있지 말기.

이곳 졸음 쉼터에서.

CALENDAR

누가 봐도
딱! 낮잠 자국

얼굴에 정교하게
새겨진 오늘,
6월 1일

•

예전만 못한 피부 회복력으로
반나절이 넘도록 사라질 줄 모르는
나이 티 나는 자국.

그래도 겪을 대로 겪다 보면
피부의 탄력은 잃더라도
마음의 탄력만은 더욱 탱탱해지겠지!

6
JUN

3
먹자골목

먹자골목 안,

펄럭이는 만국기 아래에서 열린
왁자지껄 어른들의 운동회!

누가 누가 잘 달리나
달려볼까 오늘!
6월 3일

•

제법 능숙해진 화장,
못 보던 사이 생긴 눈주름,
말쑥하게 차려입은 정장….

그것만 빼곤
시간이 지나도 여전한
내 졸업 앨범 속 아이들이 나타났다.

고기 불판을 몇 번이나 갈고
그득한 술잔을 몇 번이고 부딪칠 때까지
각자 자기 이야기를 늘어놓으면서도
모두 고개 끄덕이며 들어주었고

그렇게 우리는
잘 웃고, 잘 울며,
잘 자라나고 있었다.

1등도 꼴찌도 없지만
함께 달리면 즐겁고
이제는 서로를 응원하는
소중한 나의 인연들.

날 때부터
대단한 위인들이 아닌

그때를 살았던
'요즘 애들'이었음을

•

나보다 영원히 어릴…

동생들이 지켜준

대한민국의 오늘, 현충일.

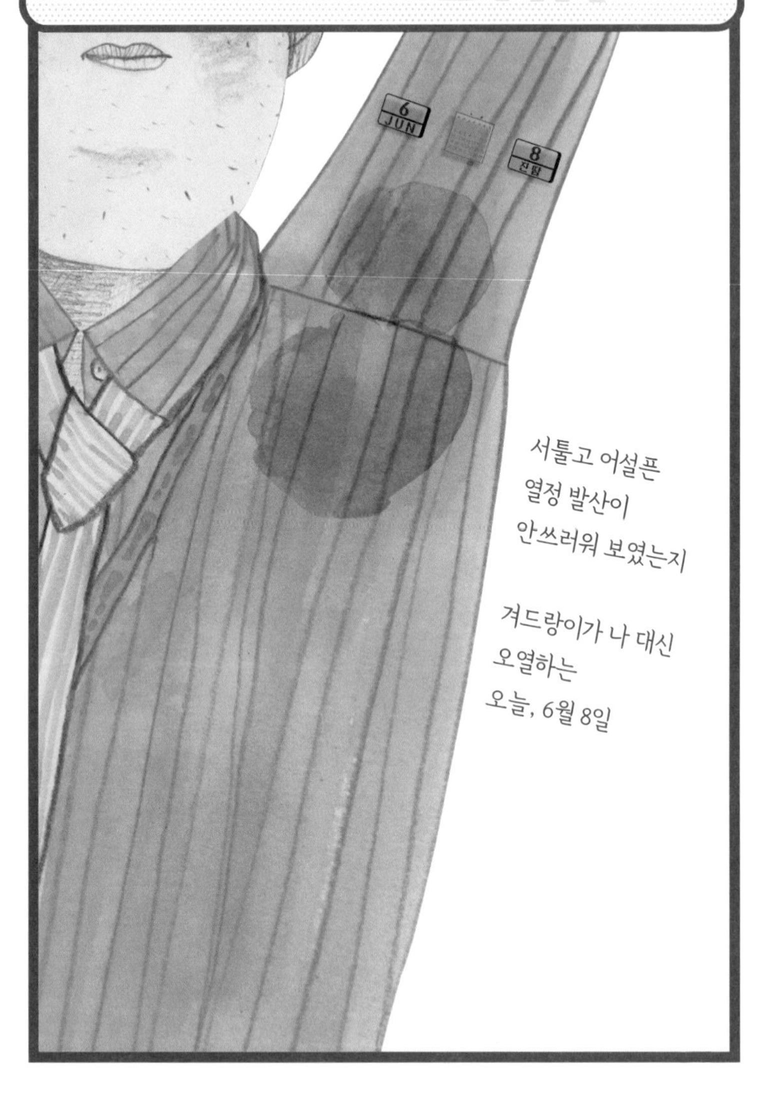
CALENDAR
6
JUN
서툴고 어설픈
열정 발산이
안쓰러워 보였는지
겨드랑이가 나 대신
오열하는
오늘, 6월 8일

·

취준생 신분으로 보낸 1년은 더디게도 흘렀지만
계약직 신분으로 보낸 1년은 잽싸게도 흘러갔다.

계약 기간이 얼마 남지 않았을 때 즈음
내 귀가 간지러울 이야기가 회사에서 어느 틈에 오고갔는지
사람들은 내게 앞다투어 밥을 사주겠다며
메신저로 부산을 떨었다.

'계약이 끝나면 어디로 갈지 정했느냐'는
이미 'OUT'이 내재된 질문들.

내키지 않았던 식사 자리는
매번 어설픈 희망을 재촉하며 시작되었다가
계산서를 들고 일어나는 사람을 향해
격한 감사 인사를 하는 것으로 마무리되었다.

그렇게 난, 나와의 비교를 통해
자신이 정규직임을 확인받고 싶어 하는 인생들에게
안도를 주는 역할을 마친 후
종이에 손이라도 베인 듯
억울한 표정을 하고 회사를 나왔다.

•

정해진 시간 안에 이뤄내야 하는
'올해'짜리 시한부 꿈을 힘겹게 끌어안은 채
오늘도 정신없이 달린다.

숨넘어갈 듯 헉헉대며 뛰어가고는 있지만
금세 따라잡힐 것 같은 '약속한 날짜'에

벌써부터 난
이룰 생각보단
미룰 생각부터 하고 있다.

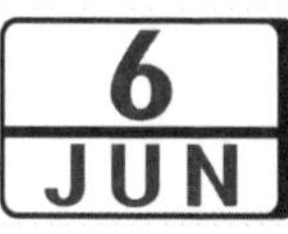

6 月

日	月	火	水	木	金	土
					1	2
3	4	5	6	7	8	9
10	11	12	13	14	15	16
17	18	19	20	21	22	23
24	25	26	27	28	29	30

11
신호등

깜빡

깜빡

깜빡

제한 시간 안에 통과해야 하는

촉박한 오늘

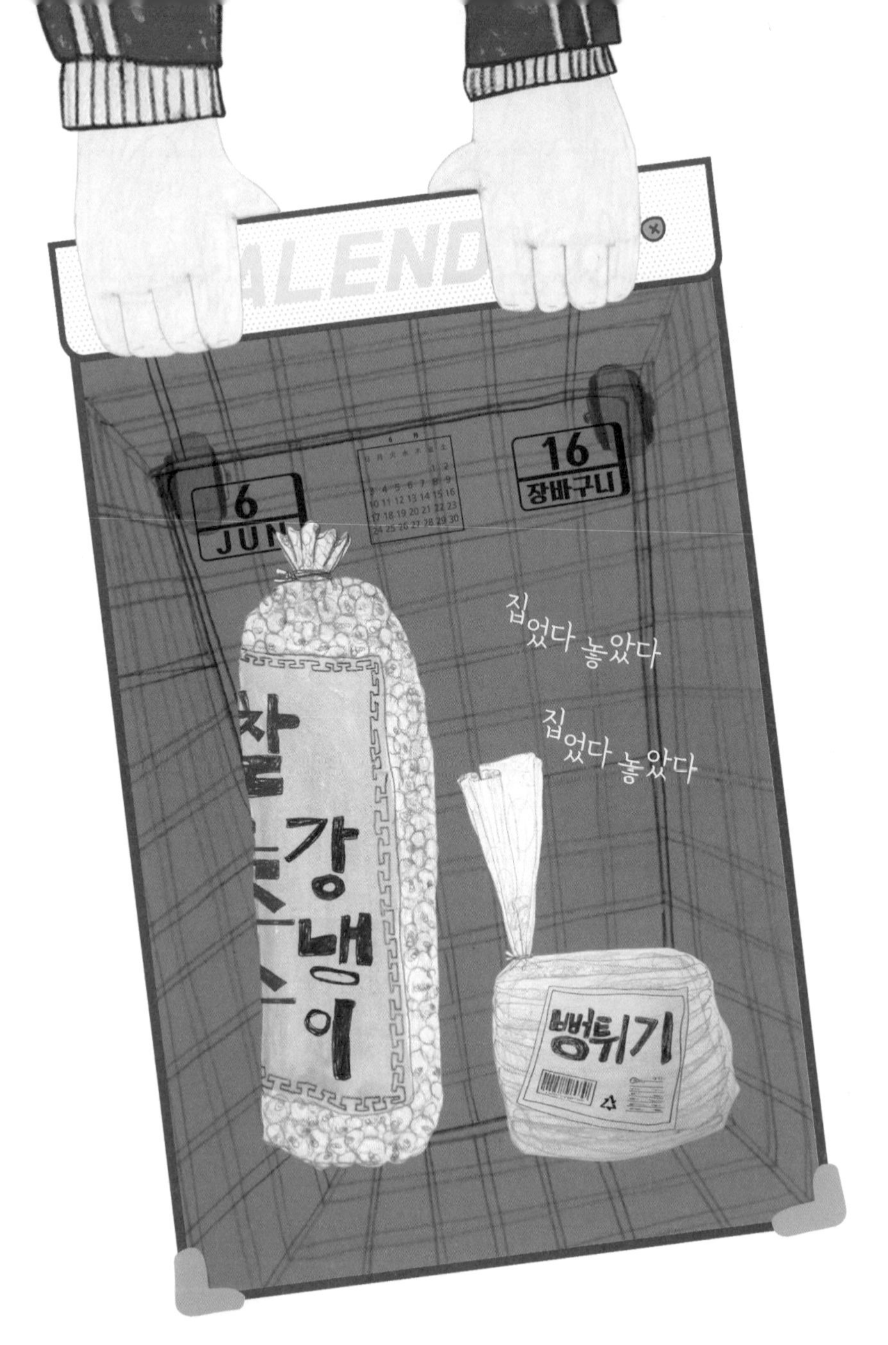
ALEND
6
JUN
16
장바구니
찰옥수수 강냉이
뻥튀기
집었다 놓았다
집었다 놓았다

심심하게 생긴 카트를 끌고
현란한 과자 코너를
무사히 통과할 수 있을까?!

에이,
어차피 몇 개 담지도 못할 거,
바구니나 들걸.

•

젠장,

다시 집어 들 수도 없고….

CALENDAR

6
JUN

6 月

日	月	火	水	木	金	土
					1	2
3	4	5	6	7	8	9
10	11	12	13	14	15	16
17	18	19	20	21	22	23
24	25	26	27	28	29	30

19
먹다 버린 사탕

쥐고 있을 땐 몰랐던
내던져버린 것의 달콤한 정체
다시 먹어봤자
내가 아는 그 맛!

오늘, 6월 19일

CALENDAR
내 의지 따윈 상관없이
결과가 떨어진 자리
OUT!
20
OUT
누군가가 금 그어놓은
매정한 선 밖
오늘, 6월 20일

CALENDAR

6
JUN

6 月

日	月	火	水	木	金	土
					1	2
3	4	5	6	7	8	9
10	11	12	13	14	15	16
17	18	19	20	21	22	23
24	25	26	27	28	29	30

22
간헐적 운동

여름이 코앞일 때만 시작하는
지나치게
간헐적인 운동

시작부터 삭신이 쑤시는
오늘, 6월 22일

CALENDAR

6
JUN

6 月

日	月	火	水	木	金	土
					1	2
3	4	5	6	7	8	9
10	11	12	13	14	15	16
17	18	19	20	21	22	23
24	25	26	27	28	29	30

27
거리

서로의 닮은 모양새를
더 잘 보기 위해서는
딱 '한 뼘'만큼 거리가 필요한 게 아닐까

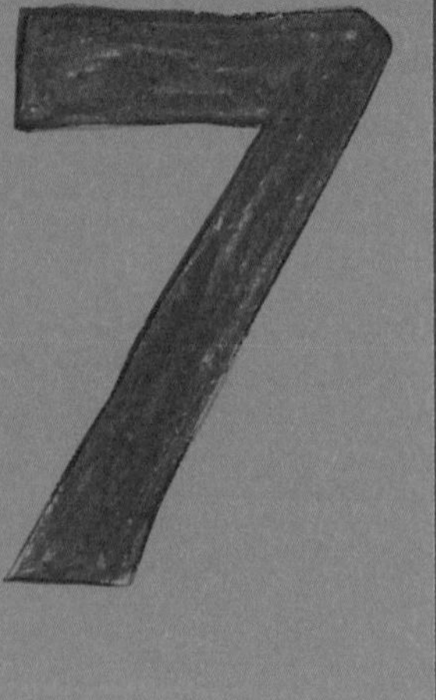

•

크크크.

함께 웃을 거리가 많았던

친구가 있었다.

더럽게 높기만 한 현실의 문턱을 향해

함께 욕지거리라도 날릴 수 있는

꽤 멋있고 듬직한 친구였다.

그래서 좋았고,

때문에 편했다.

그러나 서로 너무 가까이 있다 보니
언제부터인가 난 그 친구와 함께 있을 때면
친구보다 나만 생각하는 데 익숙해져버리고 말았다.

편해진 만큼 둔해진 배려심은
나에게서 거리를 두고 싶어 하는
친구의 마음마저 헤아리지 못하게 했고
끝내 우리는 절교를 했다.

그것도 소란스러운 대형마트 푸드코트 앞에서.

우리만 빼고 모든 사람들이 떠드는 듯한 그곳에서
더 이상 함께 나눌 이야기가 없음을
알아차린 것이다.

차라리 싸우고 헤어졌다면
'미안해'라는 말이라도 전해볼 텐데….

그때 할 말을 잃은 우리의 우정에
나는 여태 어떤 말도 걸지 못하고 있다.

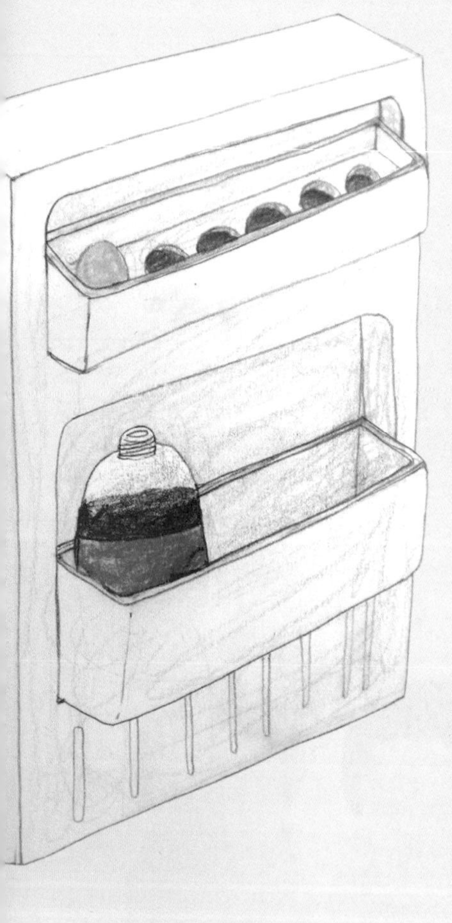

•

아침에서야 냉장고에서 확인한

기름으로 얼룩진

전날 밤의 야식 현장.

나 분명, 다이어트를

시작했던 것 같은데…

이제야 돌아온

아차, 내 정신줄!

CALENDAR

조금 더 남겨둘걸…

아침부터 감질나게 끝난
야식 뒤처리

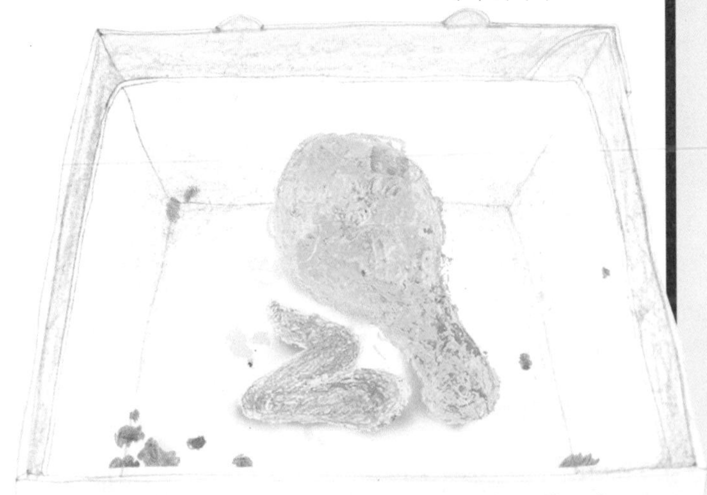

오늘, 6월 29일

•

자주 사는 걸 보면
나한테 꽤 중요한 것 같은데.

자주 잃어버리는 걸 보면
나한테 별로 중요한 것 같지 않은데.

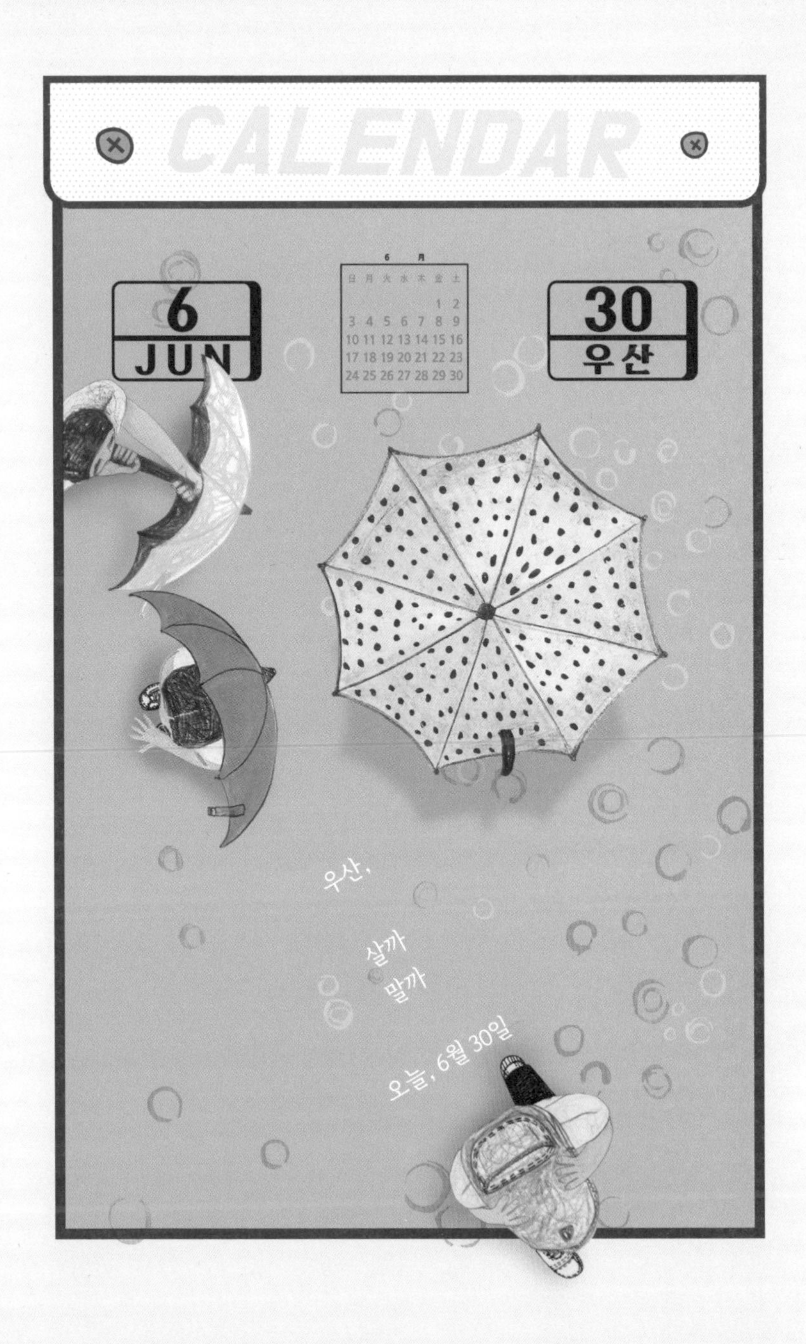

CALENDAR
6
JUN
6 月
日 月 火 水 木 金 土
1 2
3 4 5 6 7 8 9
10 11 12 13 14 15 16
17 18 19 20 21 22 23
24 25 26 27 28 29 30
30
우산
우산,
살까
말까
오늘, 6월 30일

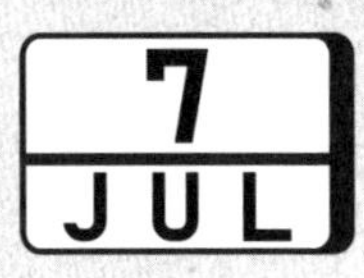

7 月

日	月	火	水	木	金	土
1	2	3	4	5	6	7
8	9	10	11	12	13	14
15	16	17	18	19	20	21
22	23	24	25	26	27	28
29	30	31				

火
TUE

무거운 책가방을

짊어진 청춘들의 오늘

모난 조각 하나로

손쉽게

나를 평가하려고 하지 마!

CALENDAR

7
JUL

7 月

日	月	火	水	木	金	土
1	2	3	4	5	6	7
8	9	10	11	12	13	14
15	16	17	18	19	20	21
22	23	24	25	26	27	28
29	30	31				

4
일부

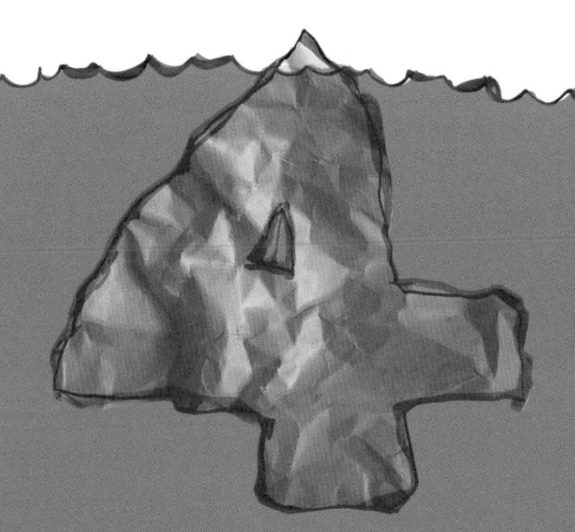

당신이 전부로 착각하는

나의 겨우 일부

사실은 어마어마한 오늘, 7월 4일

•

수능 때도 받지 못한 1등급을
가전제품 살 때에도
감히 넘보지 못하고

싸구려 비지떡이 잡아먹을
무지막지한 전기세를 상상하며
그저 웃지요.

CALENDAR

시원하게 쓰지도 못하고
바라만 보고 있는
에너지 효율등급에 표시된 오늘,
7월 5일

•

뭐, 지하철역 중에 하나라고만 생각하는 사람도 있어.
아님 수산 시장이 떠오를 수도 있고.

혹은 세상과 담쌓고 죽은 듯 지내야 하는 곳이라고
쉽게 말하는 사람들도 있겠지.
성취를 위해 한동안 잊히는 건 당연한 게 아니냐며.

그런데 이곳은
그렇게 간단하게 설명이 되는 곳이 아니었어.

계절에 무뎌진 채
나이를 잊은 체
이성에 눈감은 채

유예시키려던 젊음은
그럴 수 있는 대상이 아니었음을,
시간이 지나고서야 깨닫게 될
그런 청춘들이 있는 곳임을….

이곳,
노량진에는.

중요 표시만 해두고 덮어버리지만
금세 또 비어져 나온
진짜 속마음

오늘, 7월 6일

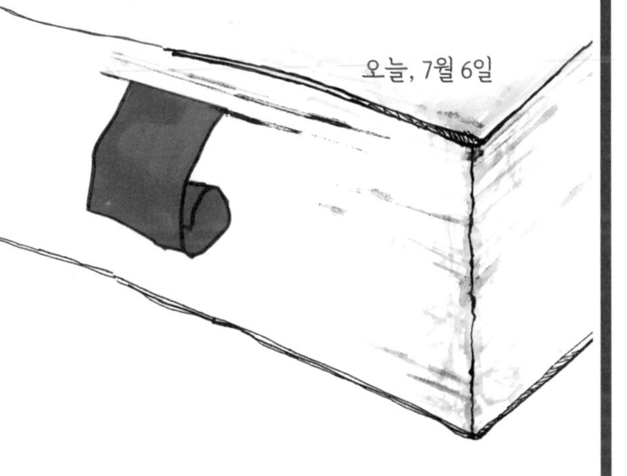

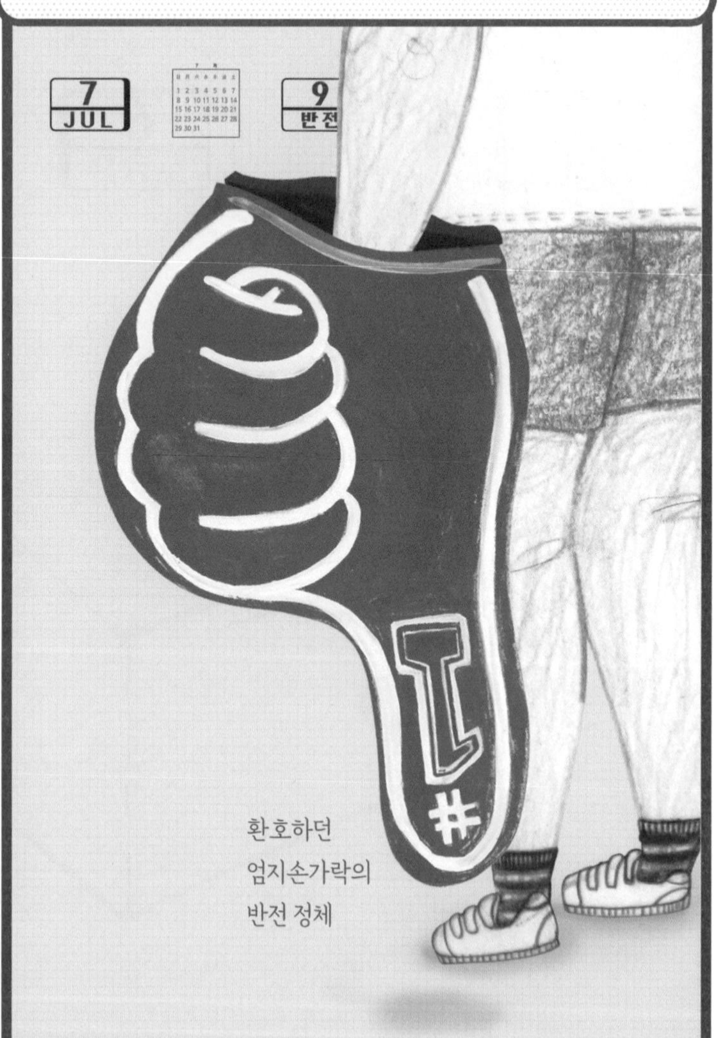
CALENDAR
7
JUL
9
반전
환호하던
엄지손가락의
반전 정체

•

중요한 건
타인의 엄지손가락이 말하는
'좋아요', '싫어요'가 아니라

나의 집게손가락,
그것이 가리키는 방향이다.

꿈꾸던 삶의 방향과 맞다면
그때는 고민하지 말고 엄지 척!

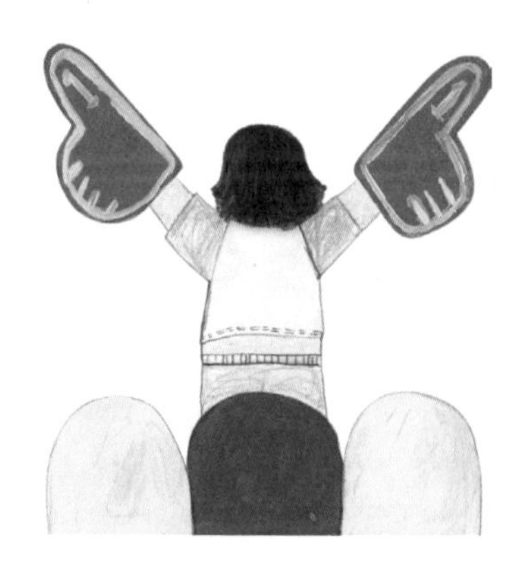

CALENDAR
방구석
나라
100원
취준생
공주님

•

가운이든 유니폼이든

제발 옷 좀 입고 싶은

오늘, 7월 13일

•

단것을 먹으면
짠 것이 먹고 싶고
짠 것을 먹다 보면
단것을 먹고 있는

'단짠단짠' 할수록
든든해지는 군것질처럼

뜨겁다가
차갑거나
자삽다가
뜨겁거나

'온냉온냉' 할수록
단단해지는 인생이길.

CALENDAR

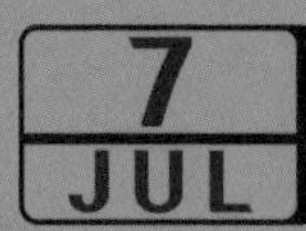

17
체중계

길은 안 트이고
입만 제대로 트인 요즘

"괜찮아,
기분 탓일 거야
설마…"

체중계의 냉철한 심사에
조마조마한 오늘, 7월 17일

•

채용 담당자님들 보세요.

열아홉 살 때는 너무 어리다는 이유로
거부당하던 인생이
지금은 너무 나이 들었다는 이유로
거절당하네요.

거침없는 폭력과 은밀한 에로에 대한 탐구는커녕
수능 외에는 거창한 이벤트가 없었던 열아홉 살 땐
대체 무슨 이유로 '어른들의 것'이 허용되지 않았던 걸까요?

또 지금 제 나이는 대체 무슨 이유로
툭하면 채용에서 제외되는 걸까요?

노골적으로 금 그어진 현실은
값싼 성인물만큼이나 자극적이고 감당하기 벅차네요.

일방적으로 나이를 제한하시니
일방적으로 한 말씀 드려봤습니다.

그럼.

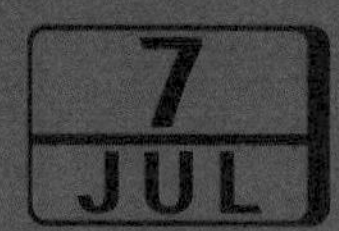

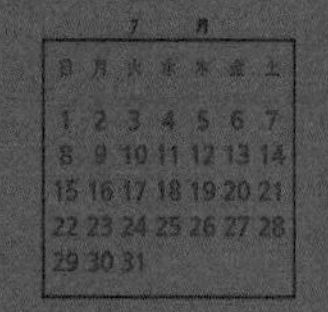

19
19금

나이가 발목을 잡는 건
열아홉 살 때나 지금이나
마찬가지

금지당하니까
더 저지르고 싶은
아슬아슬한 오늘, 7월 19일

7
JUL

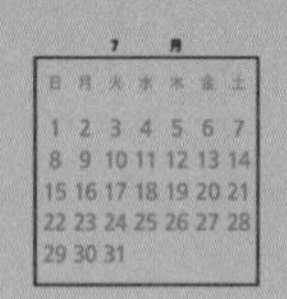

20
졸음

도무지 떨어질 줄 모르는
버스 유리창 껌딱지

•

이동이라기보다
차에 실려 '운반'되는
매일의 아침.

천장에서 떨어질지도 모르는 감을
입 벌린 채 기다리거나
배꼽에 때라도 꼈나
잔뜩 웅크리다가도

희한하게 내릴 때만 되면
정신이 번쩍 든다.

고작 몇 정거장의 졸음이지만
어떨 땐 꿈이 후다닥
다녀갈 때도 있다.

오늘은
방지턱 좀 살살 넘어가주세요, 기사님.

•

쿵!

한 달에 한 번씩
내 자취방 문 앞으로
2리터 생수 아홉 병이 배달되는 소리다.

문 하나를 사이에 두고,
택배 아저씨의 거친 숨소리와 함께 초인종 소리가 들리지만
끝내 나는 '부재중'이기로 한다.

문을 열었다가
500원짜리 자양강장제 한 병으로 덜어드리지 못할
아저씨의 삶의 무게를 불쑥 보게 되거나
다음 달에도 아저씨의 어깨에 얹어드릴
나의 영악함이 슬쩍궁 드러나게 될까 봐.

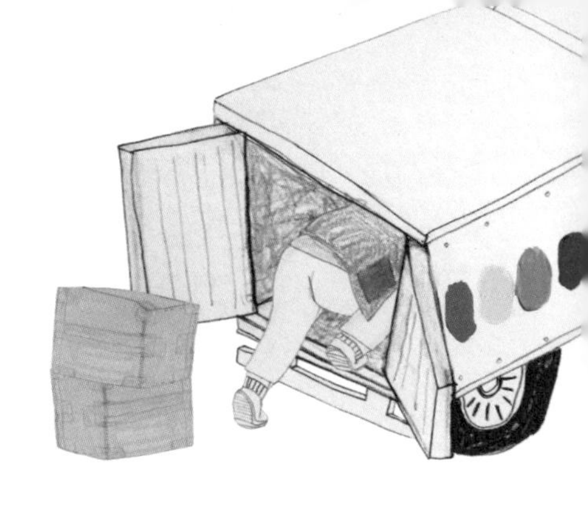

내가 사는 빌라에서는
비슷한 시기
비슷한 시간에
쿵 쿵 소리가 난다.

그것은 마치 202호에도, 501호에도,
물이 간절한 생명체가 살고 있음을 알리는
둔중한 북소리 같다.

생수가 배달되는 날이면

모두 각자의 단칸방에서 숨을 죽인 채
얼굴도 모르는 이웃의 안녕을 확인하는 듯하다.

2리터짜리 젖병을 여러 번 물어봐도

여전히 목이 타는

대한민국 자취생들의

오늘, 7월 21일

CALENDAR

7 JUL

22 라이브

살아 있는 몸뚱이만이 낼 수 있는
지겹도록 성실한 사운드

멈추지 않고
오늘도!
7월 22일

CALENDAR

가장 박수 받고 싶은 곳.

그러나 가장 도망치고 싶은 곳,

여기

할 수 있는 한

오늘, 7월 26일

하마터면

까먹고 내릴 뻔!

오늘, 7월 28일

•

도착할 때까지만

잠시 내려놓은,

누군가와 나눌 수 없는

내 오늘의 할당량.

어깨는 얼마든지 무거워도 돼.

마음만 무겁지 않다면.

•

'뵙기 어려운 분'이 되었다는
아는 사람의 성공담을
만나기 싫은 사람의 입으로 전해 들었다.

오늘 또다시 나는,
자를 줄만 알지
붙이는 법은 모르는
시툰 인간관계 편집을 시작한다.

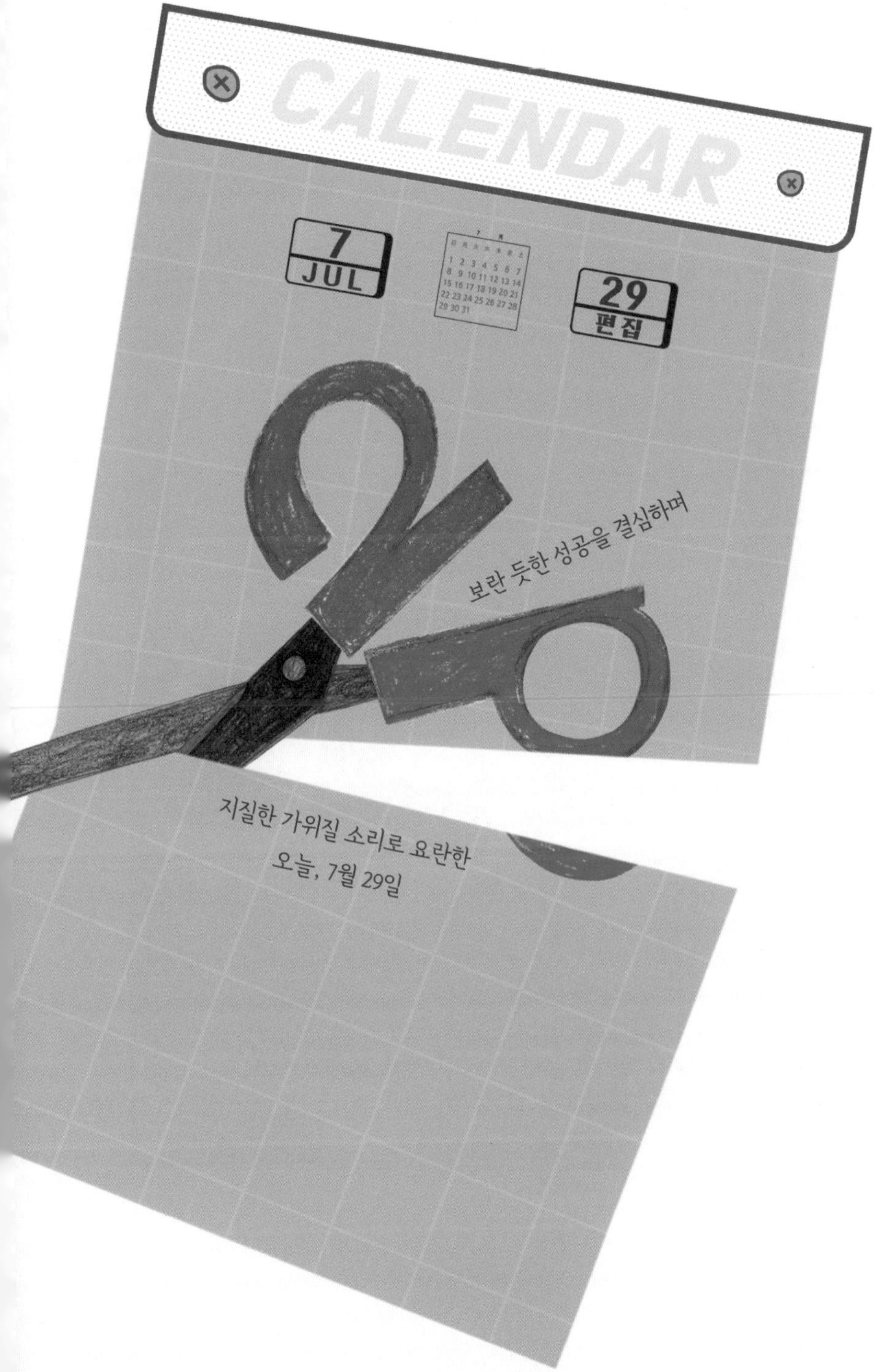

보란 듯한 성공을 결심하며

지질한 가위질 소리로 요란한
오늘, 7월 29일

CALENDAR

•

아프니까 좋은 게 있다.

한 살이나 더 어려졌다.

약 봉투 위에 쓰인
'만'으로 환산된 나이를 보며
아슬아슬하지만 그래도 아직은
20대에 발을 담그고 있는 듯한 기분이 든다.

세상에나,
내가 조금 전에 명의를 만났나?
갑자기 몸이 날아갈 것 같은 느낌이다.

벌써 다 나았다!

CALENDAR

8 AUG

1 땜빵

겨우 임시방편에 불과할지라도.
땜빵이 필요한 오늘, 8월 1일

부끄럽게 생각하지 말자
초라하게 생각하지 말자

남의 일 대신하는 거지,
남의 인생 사는 건 아니니까!

CALENDAR

8 月

日	月	火	水	木	金	土
			1	2	3	4
5	6	7	8	9	10	11
12	13	14	15	16	17	18
19	20	21	22	23	24	25
26	27	28	29	30	31	

2
고지서

단 하루도 그냥 넘어가지 않는

에누리 없는 녀석을 보면서

아깝지 않은 적이 없었던

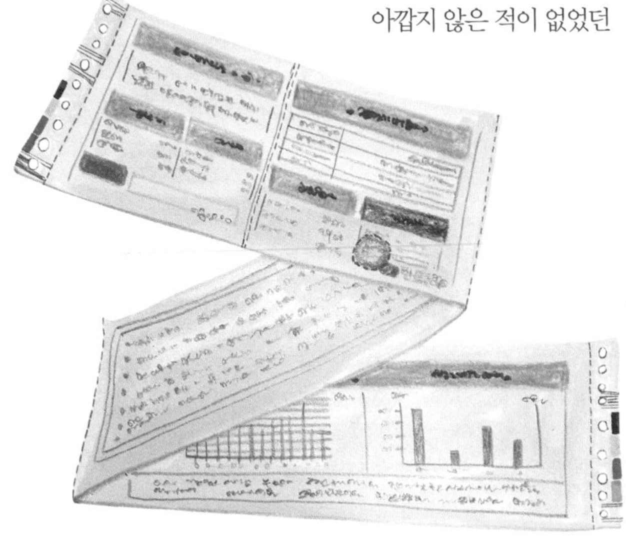

MEMO

다달이 오늘, 8월 2일

인턴,
계약직,
시간제…

슬쩍 맛보기도 힘들어진
이맘때쯤 취업 시즌.
오늘, 8월 4일

•

달콤한 수박 한 조각으로

지루한 여름을 이겨내며

어느 한 지점에서 멈춰버린 듯한

내 인생의 사계 역시

반드시 지나가리라 확신한다.

이것 또한 한철임을.

CALENDAR

8
AUG
5
무사통과
무자비하게 뿌려진
오만 가지 광고 지뢰밭을
나에게 맞는 다이어트 방법은?
단 2주만에 48kg으로
지금 바로 등록하러 가기! »
날렵하게 통과해야만 얻을 수 있는
결론 한 줄
'걔네 헤어졌대'

•

인터넷 연예 기사조차
공짜가 없는 세상.

잡다하게 헤쳐 나갈 게
많기도 많네!

CALENDAR

8
AUG

8 月

日	月	火	水	木	金	土
			1	2	3	4
5	6	7	8	9	10	11
12	13	14	15	16	17	18
19	20	21	22	23	24	25
26	27	28	29	30	31	

7
투덜투덜

No.

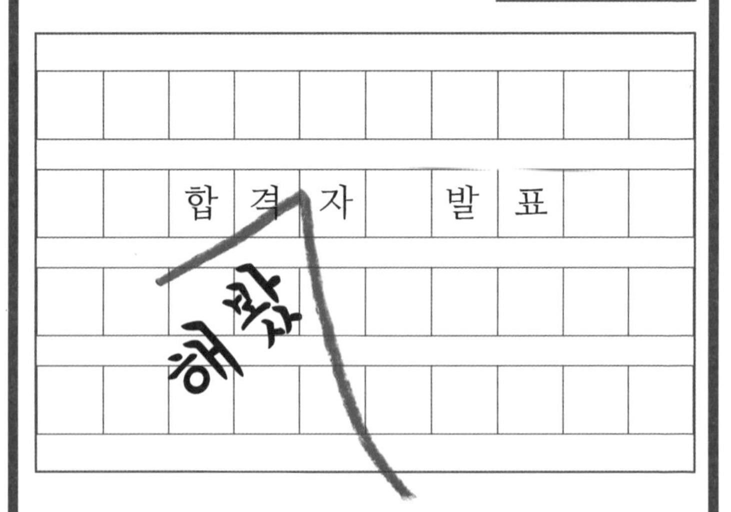

•

그런 생각이 든다.

인생은…

계획한 만큼 되지 않고

기대한 만큼 즐겁지 않으며

예상한 만큼 들어맞지도 않는다고.

그렇지만 또 생각하기를,

이것들을 모르는 척해야

인생은 더 재미있어진다고.

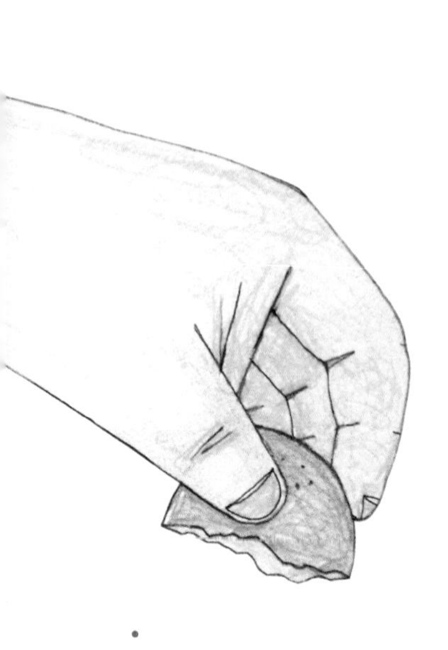

•

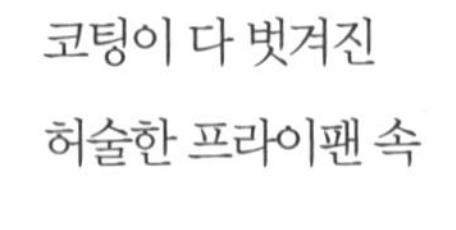

코팅이 다 벗겨진

허술한 프라이팬 속

과분한 해프닝!

차라리 로또나

되었으면!

CALENDAR

8
AUG

8 月

日	月	火	水	木	金	土
			1	2	3	4
5	6	7	8	9	10	11
12	13	14	15	16	17	18
19	20	21	22	23	24	25
26	27	28	29	30	31	

8
쌍란

혼자 보기 아까운 오늘, 8월 8일

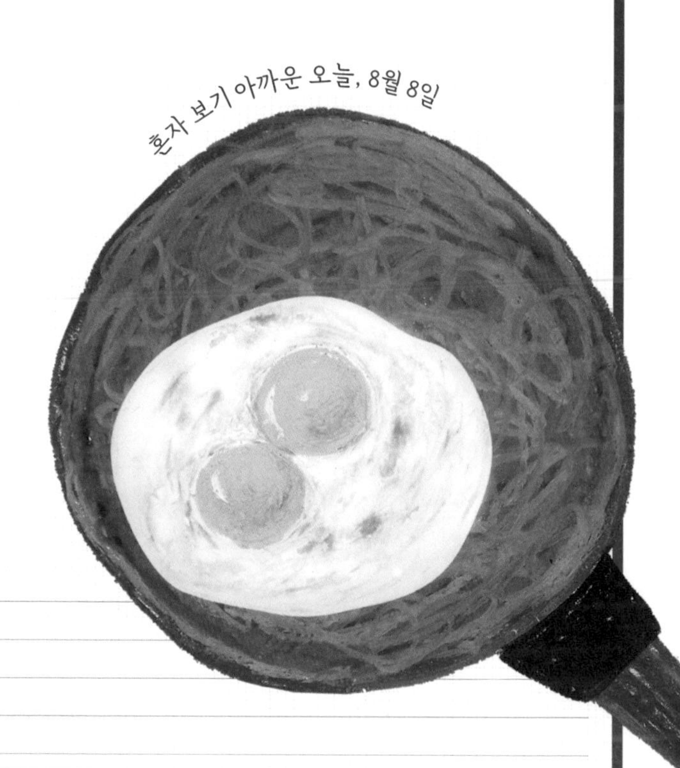

MEMO

•

돈이 없어서 미루고

시간 없어서 미루고

힘 없어서 미루다 보니…

삼복더위 속
뜻밖의 라푼젤.

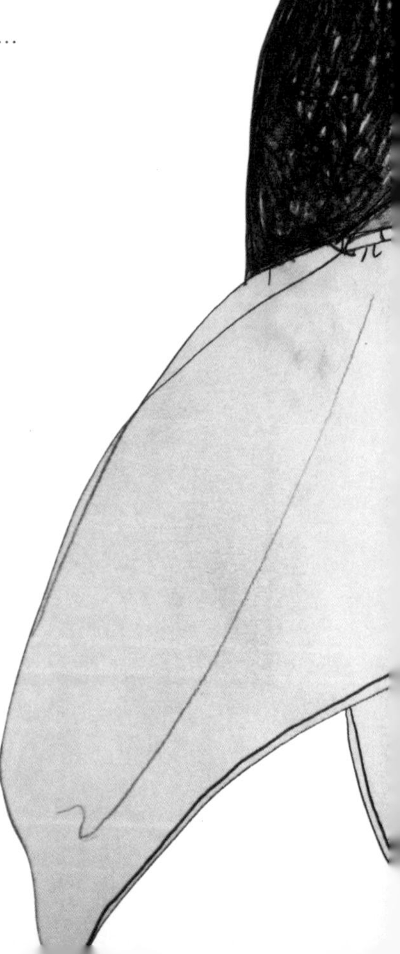

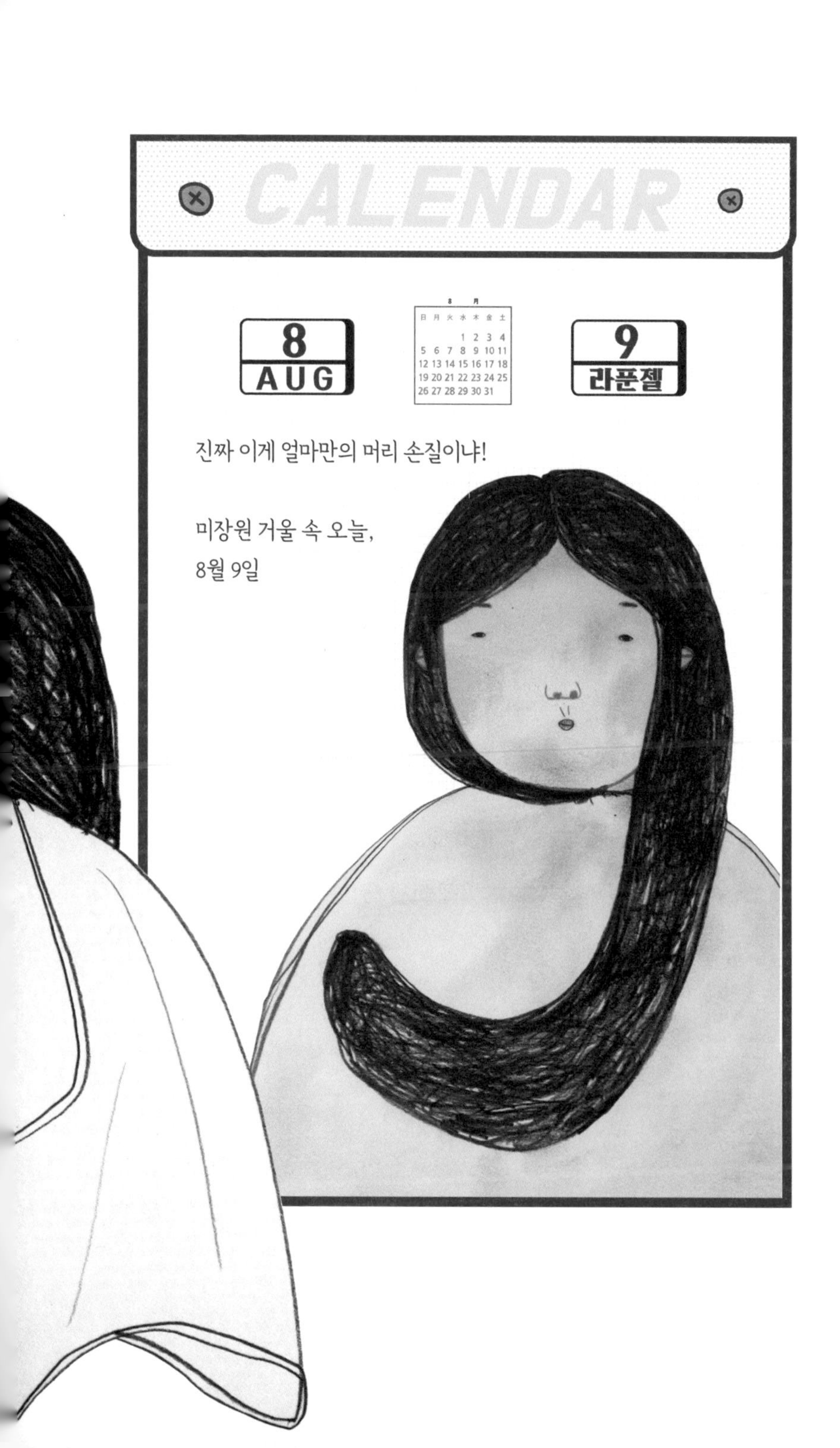
CALENDAR
8
AUG
8 月
日 月 火 水 木 金 土
1 2 3 4
5 6 7 8 9 10 11
12 13 14 15 16 17 18
19 20 21 22 23 24 25
26 27 28 29 30 31
9
라푼젤
진짜 이게 얼마만의 머리 손질이냐!
미장원 거울 속 오늘,
8월 9일

•

패스트푸드점에서
가장 '패스트'하게 움직이는
우유부단한 생각들!

생각1. 자기 앞에 길게 늘어선 줄을 보고 드는 안도감
생각2. 어제 일행이 선택한 메뉴에 도전해볼까 하는 기대감
생각3. 순간, 오늘은 일행 없이 혼자 왔다는 허전감
생각4. 그러다 예상보다 빨리 자기 순서가 온 데 따른 긴장감
생각5. 바로 다음 순서이지만 여태 메뉴를 고르지 못한 당혹감
생각6. 점심시간임에도 때 이닌 모닝메뉴를 주문하다 받은 낭패감
생각7. 세트와 단품 메뉴 사이에서 고민하는 형편에 대한 수치감
생각8. 메뉴판에 적힌 칼로리를 보며 드는, 다이어트를 의식한 불안감
생각9. 콜라에 얼음은 빼달라는 말을 언제 해야 할지 몰라 드는 초조감
생각10. 선택을 재촉당하는 현재의 상황을 피하면 안 된다는 책임감

CALENDAR

8
AUG

8 月

日	月	火	水	木	金	土
				1	2	3	4
5	6	7	8	9	10	11
12	13	14	15	16	17	18
19	20	21	22	23	24	25
26	27	28	29	30	31	

21
우유부단

…저기 있잖아

…꼭 하나만 골라야 해?

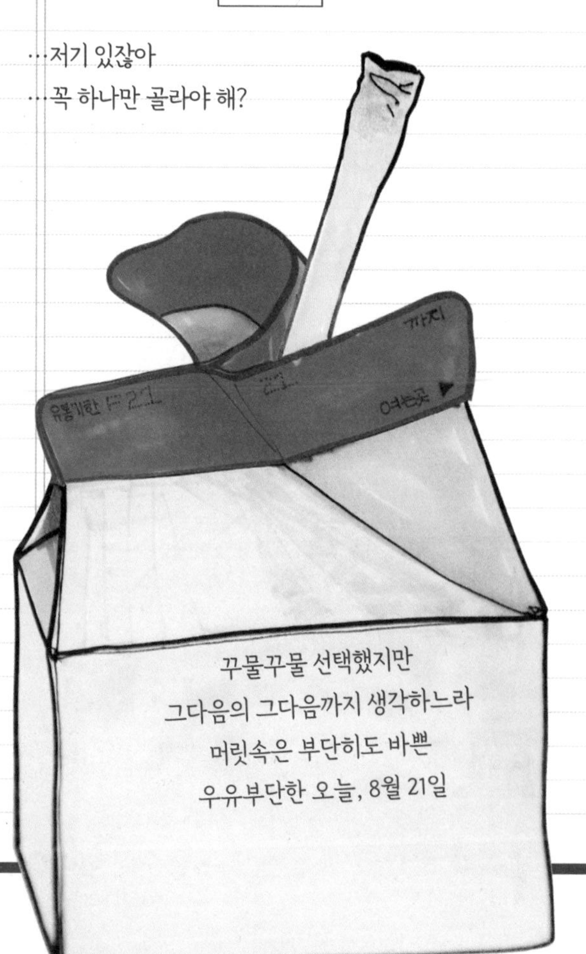

꾸물꾸물 선택했지만
그다음의 그다음까지 생각하느라
머릿속은 부단히도 바쁜
우유부단한 오늘, 8월 21일

빈칸없이빽빽한서울속오늘8월24일

•

벽 하나를 두면 공간이 나눠지고
침대 하나를 두면 자리가 마련된다.
창 하나를 두면 풍경이 생겨나고
책상 하나를 두면 할 일이 생각난다.

그게 어디든
내가 들어갈 수 있으면
내게 필요한 크기가 되더라.

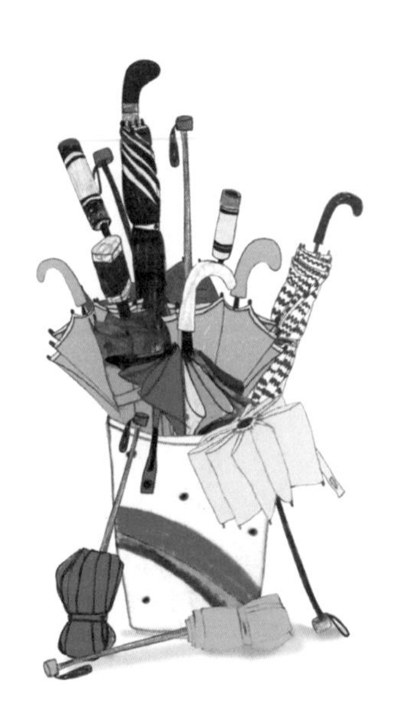

CALENDAR
8
AUG
26
노우
들켰나?
안 들어가는 게 아니라
못 들어가고 있다는 걸
오늘, 8월 26일

•

수능에 실패해도
밥은 넘어간다는 걸
알고 있다.

성형을 해도
드라마틱한 변화는 없다는 걸
알고 있다.

힘겹게 '인 서울'을 해도
여전한 꼽사리 신세임을
알고 있다.

높은 안목이란
안목 높은 물건에 돈을 쓸 수 있어야 생긴다는 걸
알고 있다.

친구들의 청첩장에 적힌 예식장의 등급으로
학창 시절 성적과는 무관한, 새로운 등수가 매겨진다는 걸
알고 있다.

세상을 쥐뿔도 모르는 주제에
부모님의 물음에 "아니라고!"라는 대답만
습관적으로 하고 있다는 걸
알고 있다.

유감스럽게도,

나는 그리 특별한 사람이 아니라는 걸…

잘 알고 있다.

그러나 잘 안다고 해놓고선

실은 여전히 나만은

납득할 수 없는 것들.

•

내 위장의 크기는
여의치 않은 내 주머니 사정에 맞춰진 듯
더는 조르는 법이 없다.

어디 한 군데라도 벌어지지 않기 위해
성실히 틈을 메우려는
내 일상의 이음새에

나는 일찍 철들어버린 어린 맏이에게
짐짓 마음 쓰지 못하는
고달픈 어미처럼

목구멍 안으로 차오르는
뜨거운 감정들을
힘주어 삼키곤 했다.

CALENDAR

편의점 바코드 리더기에게
딱 들킨
지금 내가 가진 얼마

몇 번이나 만지작거린
오늘의 '희망소비자가격', 8월 28일

•

침을 튀겨가며 공룡 이름을
줄줄 늘어놓는 조카를 보며

나는 짝짝짝 박수 대신,
어깨를 토닥여주었다.

"부디 잘 자라서
나처럼만 되지 말아다오!"

CALENDAR
31
어린 시절
'그래도 쟤가 어릴 땐 꽤 영특했는데…'
전설로만 남은
사라진 나의 어린 시절

•

'빠순이' 시절,
좋아하던 아이돌 그룹의 팬미팅에서
내 장기를 선보일 기회가 생겼다.

이번 기회에 기획사 관계자의 눈에 들어
아이돌로 데뷔하는 게 아니냐는 친구들의 부러움 속에서
호들갑스러운 몇 주를 보냈다.

중간고사가 코앞인데도
만사를 제쳐두고 대사를 치르러 간 그날,
어마어마한 긴장감을 애써 누르며
드디어 올라선 무대 위!

화장실 갈 시간마저 참아가며 연습한 시간들과
안 보는 척하면서 '툭' 하고 건넨
아버지의 무심한 조언까지 떠올리며
떨리는 손으로 마이크를 집어 들었는데….

그 순간,
'넌 누구냐'부터 시작해서
생전 들어보지도 못한 욕설과
오빠들의 이름을 외치는 소리가 뒤엉키며
공연장은 순식간에
괴성으로 가득 차버렸다.

그때 그 소음 속에서 나는 그냥
묻
혀
버
렸
다.

마이크를 들고 목청껏 외쳐도
벙긋거리는 입밖에 보이지 않는
민망한 시간을 견디고 내려오면서
나는 말없이 팬클럽의 탈퇴를 결심하였고

마침내
나의 사춘기가
끝났음을 알아챘다.

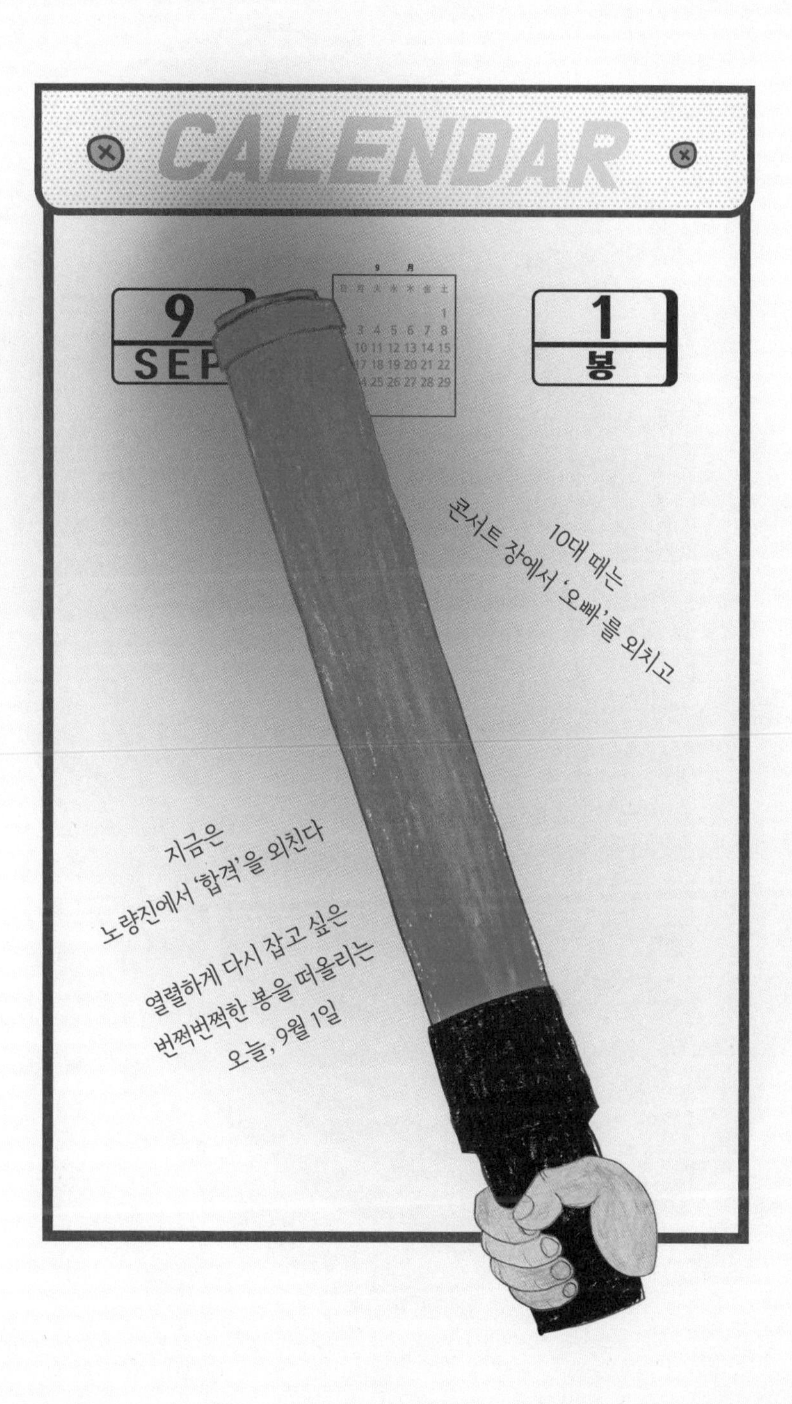
CALENDAR
9
SEP
1
봉
10대 때는
콘서트 장에서 '오빠'를 외치고
지금은
노량진에서 '합격'을 외친다
열렬하게 다시 잡고 싶은
번쩍번쩍한 봉을 떠올리는
오늘, 9월 1일

CALENDAR
9
SEP
3
냉장고
주인 닮아 캐릭터 하나는 확실한
내 자취방 냉장고 속 오늘,
9월 3일

•

땅딸막한 키에
열었다 하면 방 전체를 휘감는 김치 냄새.
문을 열 때마다 기대하는 냉기는 한결같이 없으면서
냉장실인데 매번 엉뚱한 걸 얼려놓고도 모르는 척.
계란 칸은 내내 비어 있는데
생수 한 병만 들어가도 비좁다고 투덜투덜.
도움 안 되는 조명으로
넣어둔 음식마다 궁상맞게 보이도록 만드는 재주.

여태 돌아가고 있다는 사실 자체가 신기한 건
저나 나나 매한가지.

CALENDAR

9
SEP

9 月

日	月	火	水	木	金	土
						1
2	3	4	5	6	7	8
9	10	11	12	13	14	15
16	17	18	19	20	21	22
23	24	25	26	27	28	29
30						

10
라면

꼬인 면발을 푸는 방법은
뜨거운 물 3분이면
오케이!

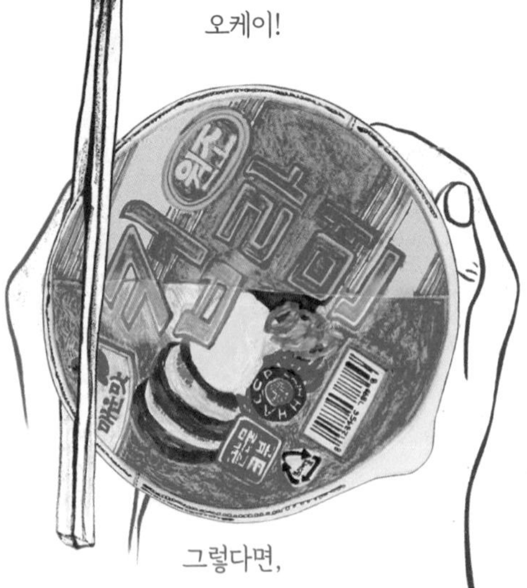

그렇다면,
꼬일 대로 꼬인
내 머릿속을 푸는 방법은?
오늘, 9월 10일

•

제대로 읽어본 적도 없으면서
간단할 거라 짐작하는 라면 레시피처럼
좀처럼 풀리지 않는 인생임에도
나는 매번 건성이었다.

시간이 갈수록
갖가지 잡념과 고민이 잔뜩 엉겨 붙어
나를 더 꿈쩍하지 못하게 했고
속 모르는 사람들은
내가 무슨 대단한 야망이라도 품고 있어
숨죽이고 있는 것이라 생각했지만
턱도 없는 소리.

인스턴트 음식처럼
나는 그저 간편하게 살고 싶을 뿐이다.

이런, 구시렁거리다 라면 다 불었네!

CALENDAR

9
SEP

11
월하

올려다보는
남의 세상보다 더 빤한

내려다보이는
내 세상

형편 드러나는
반지하 집 주소에
여러 번 여닫히는
오늘, 9월 11일

MEMO

•

곰팡이가 막 피어나고

벌레들이 또 들락거리고

비둘기가 콱 쪼고 가고

길고양이가 슥 훔쳐보고

땅이랑 가까워서 그런가?

살아 있는 것들이 그렇게 친한 척을 해~!

CALENDAR

9
SEP

9 月

日	月	火	水	木	金	土
						1
2	3	4	5	6	7	8
9	10	11	12	13	14	15
16	17	18	19	20	21	22
23	24	25	26	27	28	29
30						

14
신문 사절

커질수록 씁쓸해지는
현실 그래프

어쩌자고 그 속에
나까지 포함되어 있는지…
오늘, 9월 14일

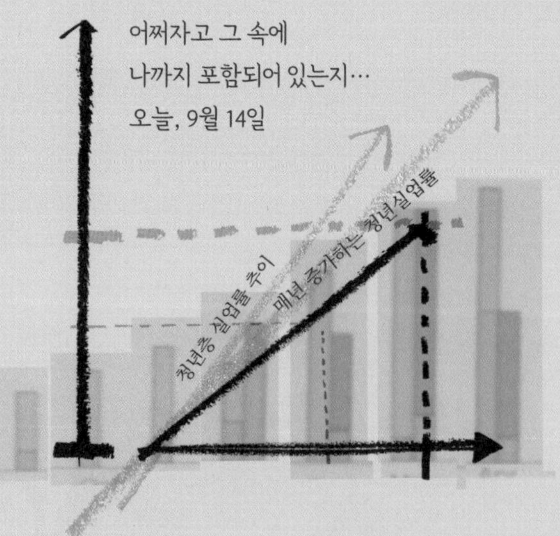

MEMO

•

'신문 사절'이란
유년 시절, 동네 대문들을 지나칠 때마다
심심치 않게 볼 수 있었던 문구였다.

그때마다 난
왜 어른들은 틈만 나면 신문을 쥐고 있으면서
반대로 또 보고 싶지 않다고
으름장까지 놓는 것인지 의아했다.

이제는 그 시절
어른들의 행동을 이해할 수 있을 것 같다.
좀처럼 소화되지 않는 종이 속 현실은
알미우리만치 성실하게 배달되어 와서
닥치는 대로 쌓이기 마련이니까.
다급하게 축적되는 그 '오늘'들을 보는 것만으로도
누구든 미간이 잔뜩 찌푸려질 테니.

여하튼 나 역시 엇나간 분풀이라는 것을 알면서도
힘주어 끄적여본다.

신. 문. 절. 대. 사. 절.

9
SEP

9 月

日	月	火	水	木	金	土
						1
2	3	4	5	6	7	8
9	10	11	12	13	14	15
16	17	18	19	20	21	22
23	24	25	26	27	28	29
30						

19
껌 딱지

아오,

붙으라는 면접은 안 붙고!

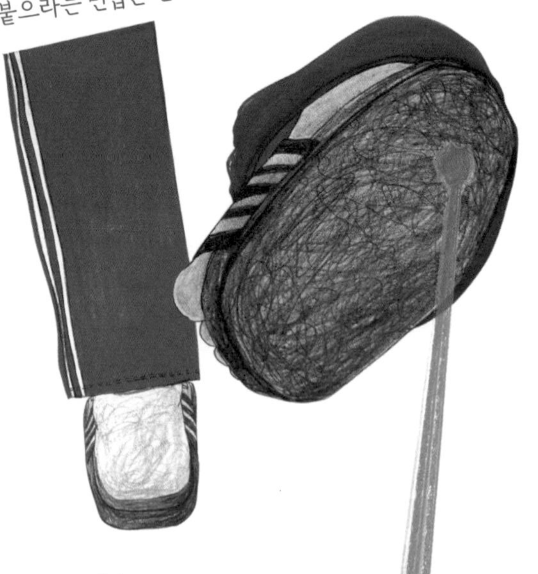

오늘, 9월 19일

•

고맙다,

너라도 날 알아봐줘서!

길바닥 껌딱지에게라도

선택받은 게 어디야.

CALENDAR

9
SEP

9 月

日	月	火	水	木	金	土
						1
2	3	4	5	6	7	8
9	10	11	12	13	14	15
16	17	18	19	20	21	22
23	24	25	26	27	28	29
30						

21
덤

•

너도 나도

거기서 거기인,

'똑같은' 내용물의

비애.

CALENDAR

9
SEP

9 月

日	月	火	水	木	金	土
						1
2	3	4	5	6	7	8
9	10	11	12	13	14	15
16	17	18	19	20	21	22
23	24	25	26	27	28	29
30						

24
택배

엄마의 살뜰한 안부 인사가
배송 완료된 오늘,
9월 24일

•

내 입맛을 가장 잘 아는 음식들이

포장되어 온 든든한 상자.

집을 나와서도

여전히 나를 키우는 것은

'엄마의 택배'이다.

CALENDAR

9
SEP

9 月

日	月	火	水	木	金	土
						1
2	3	4	5	6	7	8
9	10	11	12	13	14	15
16	17	18	19	20	21	22
23	24	25	26	27	28	29
30						

25
면접 중

아, 어…

음…

네, 어…

음…

음

'나 지금
뭐라고 하는 거지?'

•

면접 중일 때만 나오는
옹알이 답변에

내 대답의 마무리가
나도 궁금한 날.

수줍은 옹알이가 우렁찬 말이 될 때까지
조금 느리더라도,
오늘부터 다시!

CALENDAR

9
SEP

9 月

日	月	火	水	木	金	土
						1
2	3	4	5	6	7	8
9	10	11	12	13	14	15
16	17	18	19	20	21	22
23	24	25	26	27	28	29
30						

29
버스 정류장

다 갔다
나만 빼고

9월 29일

오늘도
네가 기다리는 버스만
오지 않는다

•

이곳에서
내가 내린 버스가 있었으니
이곳에서
다시 오를 버스도 있을 거야.

만약 내가 탄 버스가 다시 돌아온다면
손 흔들며 더 반겨주자!

나 혼자
너무 오래 기다린 만큼.

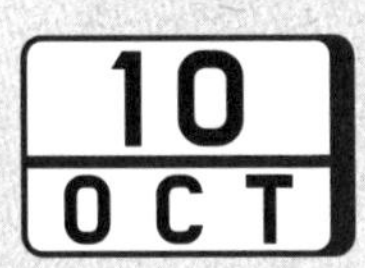

10 月

日	月	火	水	木	金	土
	1	2	3	4	5	6
7	8	9	10	11	12	13
14	15	16	17	18	19	20
21	22	23	24	25	26	27
28	29	30	31			

막막한 세상 속에

던져진 청춘들의 오늘

•

식탁 한가운데 툭, 무심한 척 두고 나가지만
살림에 대단한 보탬이라도 드리는 양 내심 당당해지는
선물세트로 부여받은 직장인의 '특권'들.

해마다 명절 때면.

CALENDAR

10
OCT

10 月

日	月	火	水	木	金	土
	1	2	3	4	5	6
7	8	9	10	11	12	13
14	15	16	17	18	19	20
21	22	23	24	25	26	27
28	29	30	31			

2
추석

무겁기만 하지
들고 와서 보면
쓸 만한 건 하나 없는

과대 포장된 오늘,
10월 2일

•

따다다다 따지기 좋아하는
신용카드 고지서는
매번 쓸데없는 기억력을 과시하여
지난날 나의 호탕함을
잘도 민망하게 만들어버린다.

통장 속에는 실체를 확인한 적 없는
비현실적인 숫자들이
사방으로 흩어지기 바쁘고….

안도인지, 탄식인지 모를 한숨이
길게 내뱉어지는
오늘은 월급 날.

CALENDAR

10
OCT

10 月

日	月	火	水	木	金	土
	1	2	3	4	5	6
7	8	9	10	11	12	13
14	15	16	17	18	19	20
21	22	23	24	25	26	27
28	29	30	31			

3
사인

쿨하게 그리고 간
갈매기들이

고지서를 물고
집으로 날아올 것을 알면서도

일단은 쓰고 보는
오늘, 10월 3일

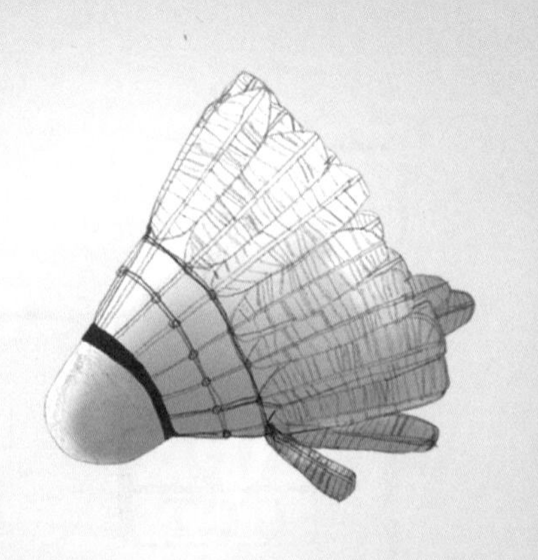

둥근 공은 못 되어도
가슴에 꽂힌 몇 개의 털만으로도
충분히 날 수 있는!

•

자격 미달인 나의 도드라짐이
멋진 두드러짐이 될 수 있다.

기준에서 제외되는 나의 유별남이
특별함이 될 수 있다.

더 높은 곳으로 향하기 위해
필요한 건 날개가 아니라
날 수 있다는 꿈이기에!

CALENDAR
10
OCT
5
홍해

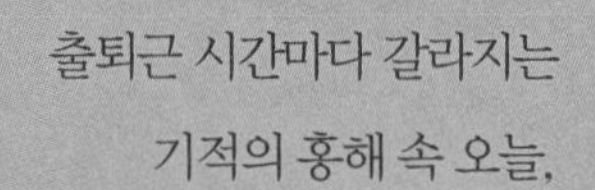

출퇴근 시간마다 갈라지는

기적의 홍해 속 오늘,

대세를 따르지 않고 밀고 나간

우직한

'마이웨이'!

•

비상계단에서 할 수 있는 일은 생각보다 많다.

허기를 채울 간식을 몰래 오물거릴 수도 있고
심약한 한숨을 마음껏 내뱉을 수도 있다.
들키고 싶지 않은 상처를 문지를 수도 있고
재치 있는 댓글을 보며 실실거릴 수도 있다.

무엇보다
그냥
아무것도 하지 않을 수 있다.

불청객이 들이닥칠 수 있다는 것만 빼면
잠깐 머무르기에는
그런대로 괜찮은 곳.

눈치 살피지 않아도 되는
회사 안 유일한 공간,
비상계단.

"신입사원 보호를 위해
엘리베이터 이용을 부탁드립니다."

CALENDAR

6
비상계단

매일이 비상이라

오늘도 여기

오늘, 10월 6일

자기 쿠폰에 도장 몰아 받는 맛이라도 있던
선임들의 커피 심부름에
눈치 없는 팀장님의 쿠폰이 난데없이 끼어들고

후들거리는 손끝으로
그것을 건네받는 막내가 있었으니…

애석하게도,
그게 나다.

•

도장까지 박으며 커피숍이 보증한

달콤 쌉싸름한 나의 앞날

가야 할 길이 먼

쿠폰 속 오늘, 10월 8일

•

갈수록 '기적'이 없으면 안 될 것 같은

월세 탈출,

대출금 청산,

올해 안에 결혼….

더 가능성 있어 보이는 로또 당첨을 위해

끌리는 숫자만 봤다 하면

+내 마음속에 저장!+

대박
언제쯤 터질까

오늘은 제발
10월 12일

•

집 밖으로 나오자 도드라져 보이는 꾀죄죄함에
나는 트럭에 실리는 내 세간살이를
모른 척하고 싶어졌다.

이삿짐 아저씨는 장기 공연 중인 배우의
'쪼'가 있는 움직임으로
무심하게 짐칸을 채워나갔다.

머시않아
이 동네를 뜰 거라는 생각은 해보았지만
내가 바랐던 건

결코 이런 식은
아니었는데.

CALENDAR

10
OCT

日	月	火	水	木	金	土
	1	2	3	4	5	6
7	8	9	10	11	12	13
14	15	16	17	18	19	20
21	22	23	24	25	26	27
28	29	30	31			

15
이삿짐

이삿짐센터 트럭 안에
간신히 담긴
착잡한
나의 설움살이

오늘,
10월 15일

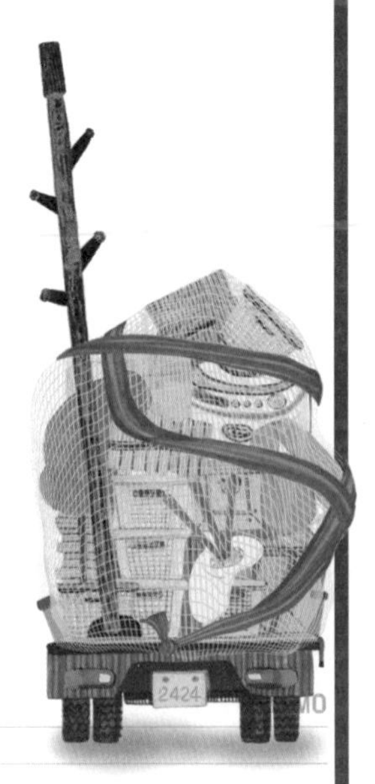

MO

"감자에 싹이 나서 잎이 나서
단칸방에 싹 싹 싹"

MEMO

•

아무리 열심히 먹어치워도
감자가 뽐내는 속도를 못 쫓아가는
의도치 않은 슬로푸드 라이프,
1인 밥상 앞 오늘.

CALENDAR
10
OCT
10 月
日 月 火 水 木 金 土
1 2 3 4 5 6
7 8 9 10 11 12 13
14 15 16 17 18 19 20
21 22 23 24 25 26 27
28 29 30 31
18
제자리
여태
제자리만
빙 그 르 르 르…

오늘, 10월 18일

•

누구
나 좀 밀어줄 사람?

왜 나만….

왜 나를….

왜 내게….

답을 찾을 수 없는
인생의 숙제들.

'왜'라는 이유를 묻기보다
'어떻게'라는 방법을 고민하며
해결책을 찾아보자.
바닥에 힘차게 발이라도 구르자.

치사하게
나 빼고 잘만 돌아가는 세상.
두고 봐라,
나 역시 세상이 뭐라 하든 잘만 돌아갈테니!

•

해결할 엄두가 나지 않아
쌓아두기만 한
고민의 블록들이

테트리스처럼
뜻밖에 발휘된 기지로
속 시원하게 사라져버렸으면!

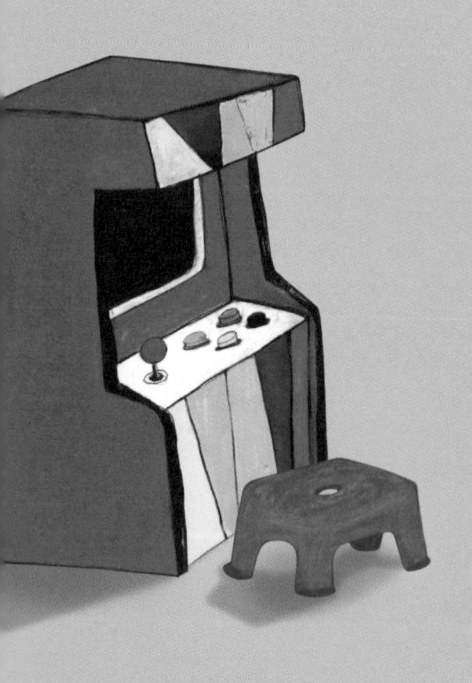

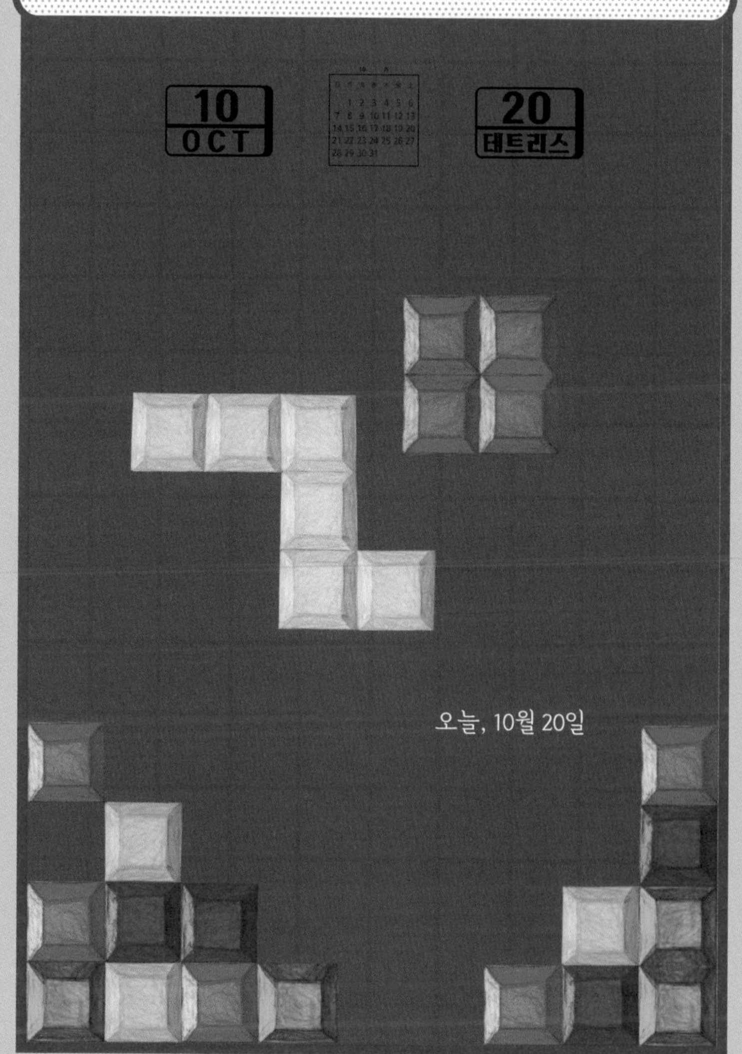
CALENDAR
10
OCT
1 2 3 4 5 6
7 8 9 10 11 12 13
14 15 16 17 18 19 20
21 22 23 24 25 26 27
28 29 30 31
20
테트리스
오늘, 10월 20일

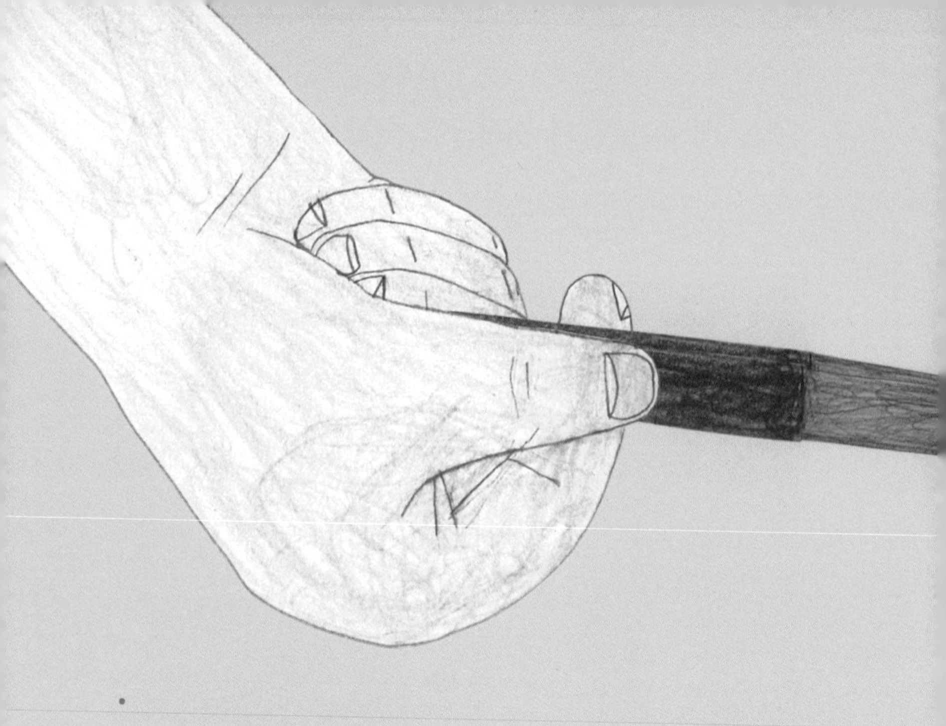

•

어르신들과의 밥상머리에서는
젓가락보다
집게를 더 자주 집어야 한다.

내게 있어
가깝고도 멀기만 한
고기 한 입에

울 엄마가 보면 속상해할
오늘은 회식날.

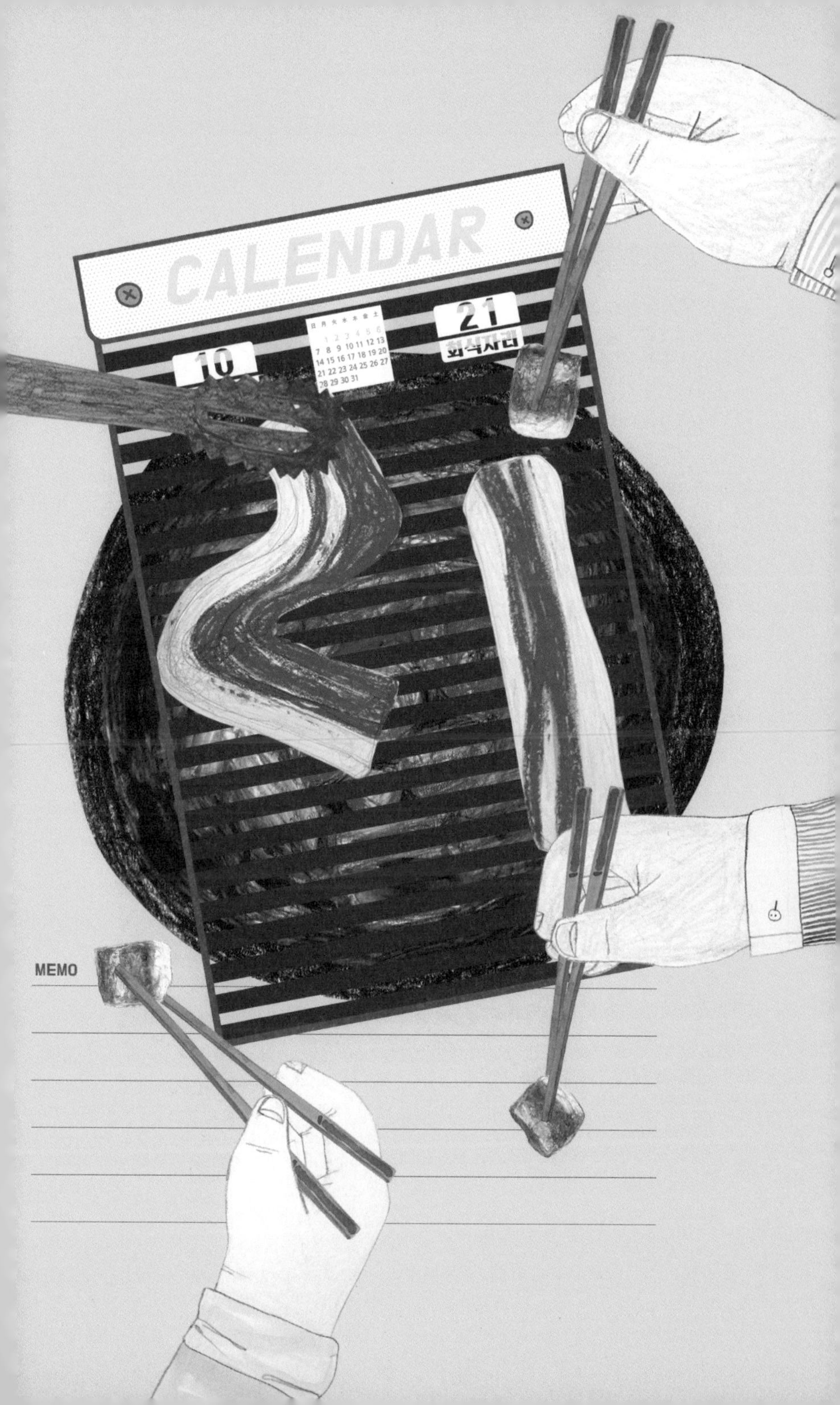
CALENDAR
10
日 月 火 水 木 金 土
1 2 3 4 5 6
7 8 9 10 11 12 13
14 15 16 17 18 19 20
21 22 23 24 25 26 27
28 29 30 31
21
회식자리
MEMO

CALENDAR

단호한 오늘,
10월 29일

“어미는 떡을 썰 테니
너는 글을 쓰거라”

그때 갈 곳을 잃은 건
붓끝이 아니라

마음이었을지도

•

우리 할머니가 문 밖만 바라보며 기다리고 있던 건
나의 대단한 성공이 아닌
나의 대단치 않은 얼굴인 걸 알고 있었다.

내가 그토록 기약 없는 입신양명에
애를 태우는 사이,
나는 할머니에게
소식 감감한 손주가 되어 있었고
할머니는 나에게
끝내 아득한 그리움이 되어버렸다.

왜 꼭 무엇이 되어야만
누군가를 위해 마음을 쓰고
누군가에게 곁을 내주고
누군가의 손을 잡아줄 수 있다고 생각한 걸까….

이제 와 뒤늦은 후회를 해도
이토록 아무 소용없는 일인데도.

10 OCT

10 月

日	月	火	水	木	金	土
	1	2	3	4	5	6
7	8	9	10	11	12	13
14	15	16	17	18	19	20
21	22	23	24	25	26	27
28	29	30	31			

31 김밥 꽁다리

어디엔가
반드시 있다!

나, 좋아해주는 사람

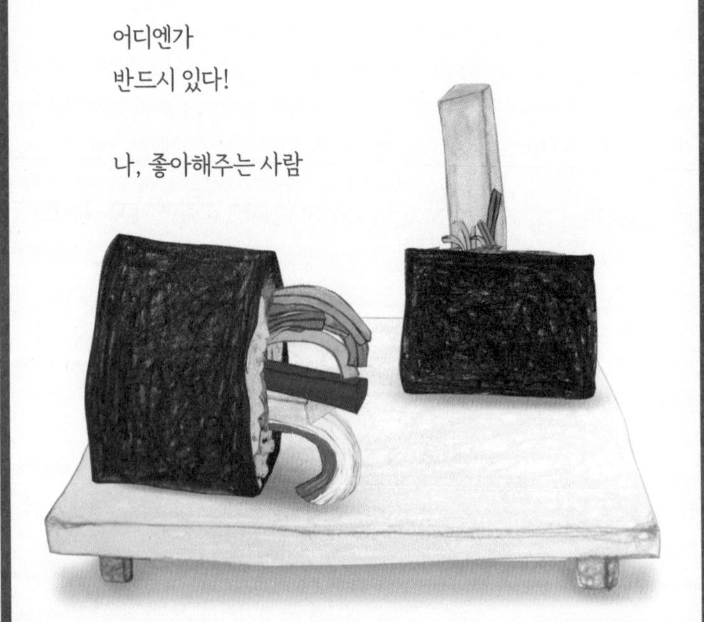

갖은 애를 써도 눈에 띄기 힘든
끄트머리임에도

오늘, 10월 31일

•

할 수 있는 게 많지 않았던 시절이,
나에게 있었다.

몸과 마음의 성장 속도가 어긋나는 사춘기처럼
머리와 마음의 합이 맞지 않았던 시기.

대학 졸업 이후에도
'학원'이라는 유료 울타리 안에 숨어
내 쓸모를 찾아 헤맨 시간.
인생 그래프에서 기형적인 곡선을 그리던 시점.

그때 난, 갑작스럽게 찾아온 사랑 고백에
내 마음부터가 아닌 주머니 사정부터 살펴야 했다.

부모님께는 이미 책값만으로도 염치가 없었던 터라
단출한 지갑을 들고 1,000원짜리 김밥 집에서 자주 그를 만났다.
부담스럽지 않은 데이트를 할 수 있다는 점에서
우리에게 김밥 집은 만남을 위한 최적의 장소가 돼주었다.

우리는 말로 꺼내기 힘든 서로의 사정을 배려하느라
늘 김밥 두 줄을 주문하곤 했다.
이윽고 탁자 위에 들기름이 번드르르하게 묻은 김밥이 놓이면
나는 항상 김밥의 한가운데를 먼저 집어 들었고
그는 꽁다리부터 먹기 시작했다.

언젠가 한번은 그에게
왜 꽁다리부터 먹느냐고 물은 적이 있었는데,
그는 이게 제일 맛있는 부분이라고 웃으며 답해주었다.

'보통'조차 되지 못했던 그때에,
보통의 사람들과 같은 만남을 위해
우리는 초짜 배우처럼 매 장면마다 무진 애를 썼다.

그러다 그해 시험에서 나는 혼자 낙방했고
갑자기 그 어디에도
애쓰고 싶지 않게 되었다.

끝내 그에게
무성의한 이별의 말을 내뱉으며
그가 멀어지기를,
'우리'가 사라지기를 힘없이 기다렸다.
결국 한참의 시간이 지나서야
나는 이전의 일상으로 돌아올 수 있었다.

어느 날 다시 찾은 김밥 집에서
홀로 허기를 채우고 있는데
문득 접시에 덩그러니 남은 김밥 꽁다리가 눈에 들어왔다.

그 순간 무엇인가 왈칵 치밀어 올라
나는 입안 가득 김밥을 문 채 울음을 터뜨리고야 말았다.
그제야 그가 진짜 떠났음을 알게 된 것이다.

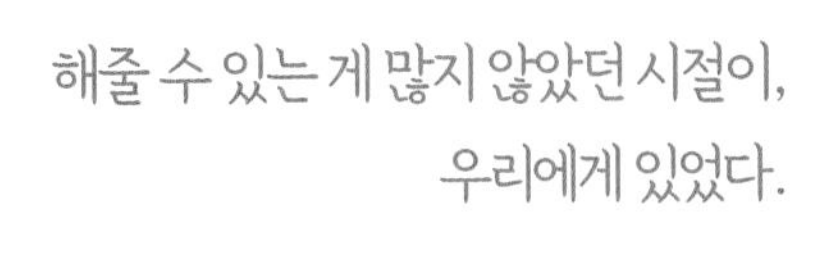

•

끝내

피아노를 보냈다.

나를 '음악하는 친구'로 보게 해준

명확한 증거가

이제는 사라지고 없다.

요 며칠 동안
마치 셈에 밝은 사람처럼 돌변해서는
나의 형편과 물건의 쓸모에 관해
골몰하다 내린 결정이었다.

피아노가 나간 자리는
난감한 덩치가 남긴 흔적이라고 하기에는
너무도 시시해서
나도 모르게 헛웃음이 새어 나왔다.
그동안 삶의 전부라고 여기며 지켜온 공간이
이리도 일부일 줄이야.

그런데 나는 걸레를 쥔 채
한참을 우두커니 서 있기만 했다.

쉬이 닦아내버리면
이곳에 피아노가 오래 머물렀다는 사실을
누구도 믿어주지 않을 것 같아서….

실은 나마저도
아무것도 없었다는 듯
그렇게 잊고 살아갈까 봐.

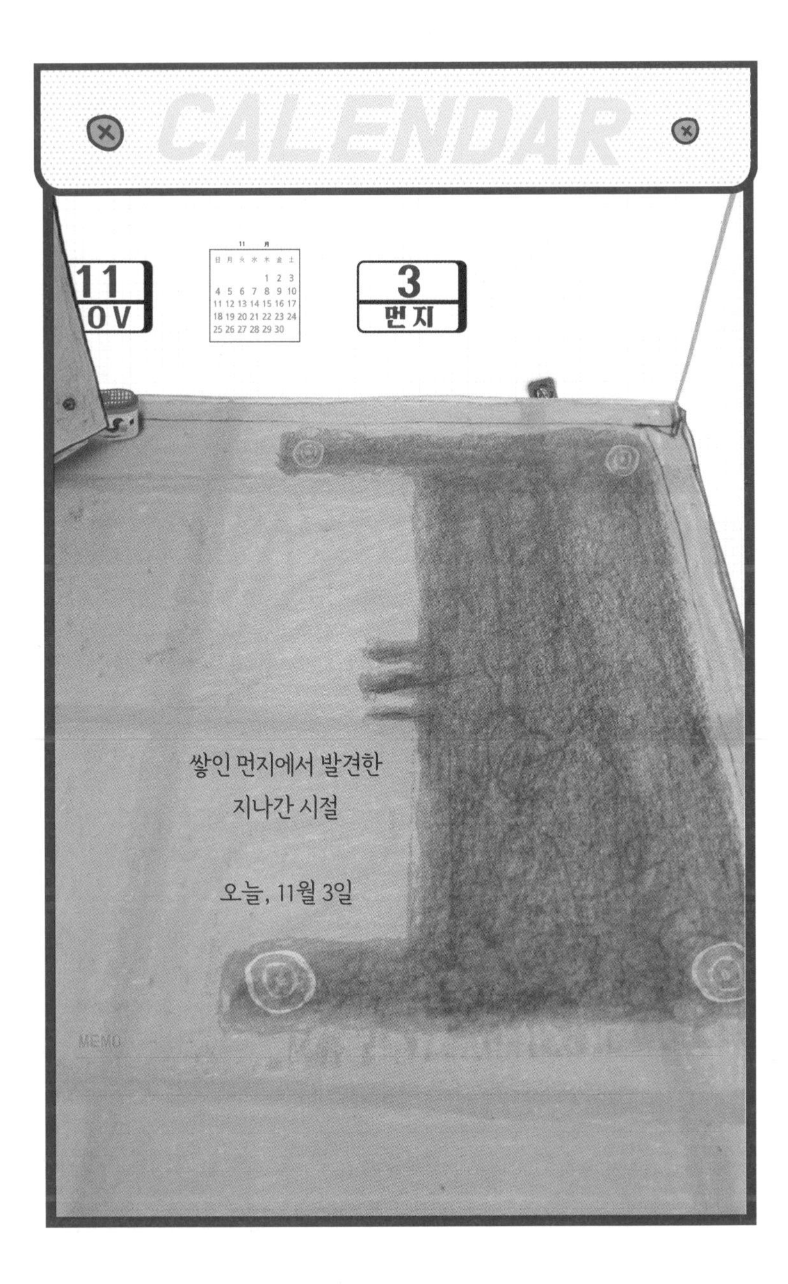
CALENDAR
11
3
먼지
쌓인 먼지에서 발견한
지나간 시절
오늘, 11월 3일
MEMO

CALENDAR

11 NOV	11 月	6 자판기

日	月	火	水	木	金	土
				1	2	3
4	5	6	7	8	9	10
11	12	13	14	15	16	17
18	19	20	21	22	23	24
25	26	27	28	29	30	

땡그르르르

동전 두 개로 마음 녹이는

오늘, 11월 6일

•

200원으로도 할 수 있는 게
아직 서울 땅에 남아 있다.

누군가에게 '그냥'이라도 줄 수 있는 가격에
인간미가 더해지고,
눈에 익은 주변 풍경까지 녹아들어
자판기 커피에는
커피숍의 커피에는 없는
그것만의 친근한 맛과 향이 담겨 있다.

어젯밤 잠 못 이루게 한
어지러운 생각들이
딱 종이컵 크기만큼 정리되는,
이제야 살 것 같은
내 삶에 달달한 쉼표 하나.

CALENDAR

11
NOV

11 月

日	月	火	水	木	金	土
				1	2	3
4	5	6	7	8	9	10
11	12	13	14	15	16	17
18	19	20	21	22	23	24
25	26	27	28	29	30	

8
생리통

한 알로는 좀처럼 먹히지 않는
'그날'통

불편한 마법에 걸리는
한 달마다 오늘, 11월 8일

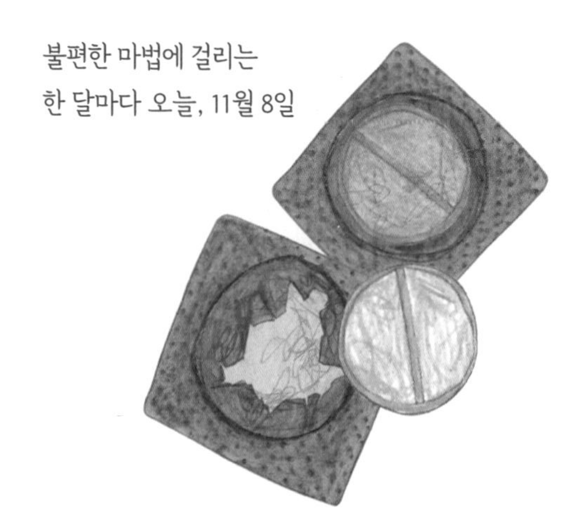

•

지나고 나면 키가 자라 있는
'성장통'과는 다르게

이 고통이 지나가면
그냥
또 다음 고통이 기다릴 뿐인 걸까.

통증은 통증대로
나는 나대로
각자 일하느라 바쁘다 보면

그새 할 일은 다 마치고
그게 사라진 것도 알아챘다.

휴,
끝이 있는 고통이라 다행이야.

•

맵다

짜다

쓰다

달다

시다

라는 맛을 느끼기도 전에

후다닥 해치워야 하는 허기라서

서서 먹는 밥은

늘 그렇듯

서럽다.

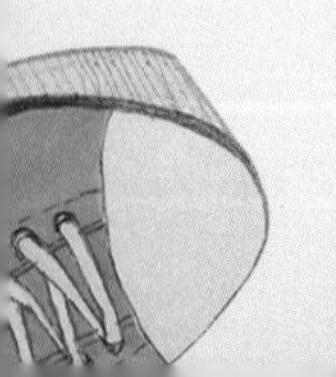
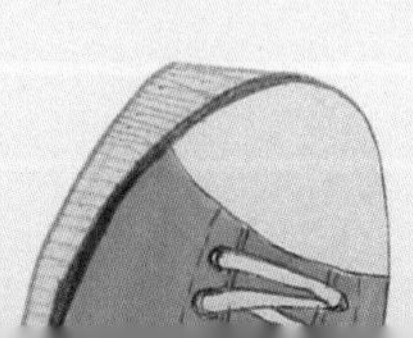

CALENDAR
11
NOV
11 月
日 月 火 水 木 金 土
1 2 3
4 5 6 7 8 9 10
11 12 13 14 15 16 17
18 19 20 21 22 23 24
25 26 27 28 29 30
9
컵밥
자꾸만 목메는 오늘, 11월 9일

CALENDAR

11
NOV

10
자국

복잡했던 마음이 남기고 간
참 단순한 자국

너 없이 보낸 오늘,
11월 10일

•

함께 보지 못한 영화나
함께 가보지 못한 바다가 아니라

왜 함께 나누지 못한 말들이
이제야 아쉬운 걸까.

같이 보낸 그 많은 시간 동안
왜 우리는 서로가 필요로 했던 말들을
전해주지도, 건네받지도 못했던 걸까

결국 이 말도…
해주지 못하겠구나.

•

'아메리카노 한 잔'

'라면사리 추가'

'10분 주차'

일에는 '쿨'했던 선임들의

진짜 확 깨는

구질구질 실생활 영수증 청구.

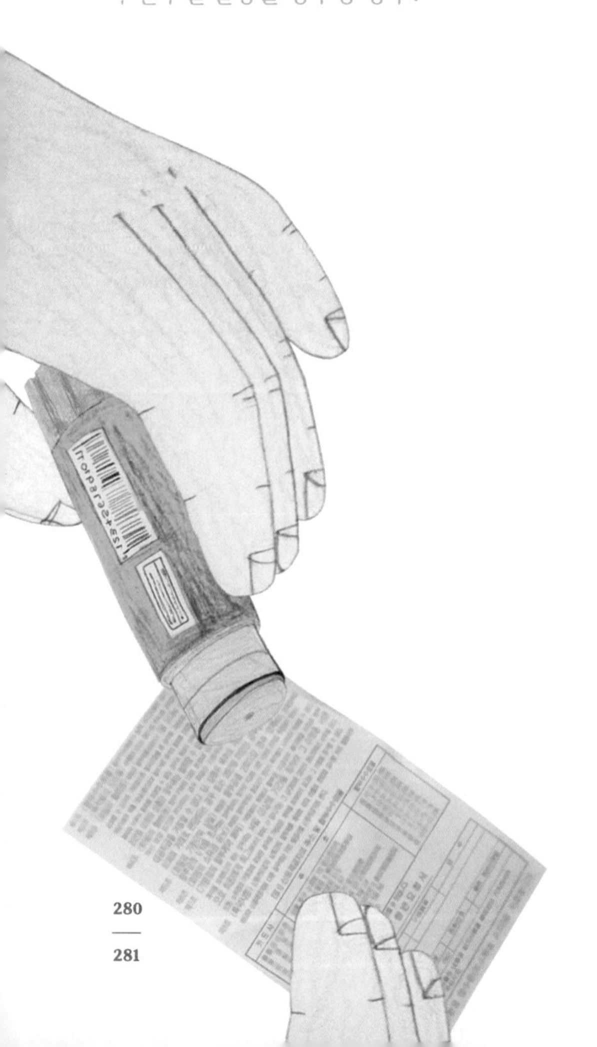

아, 나만 보기 아까운
별의별 쪼잔함이 청구된 오늘,
11월 13일
MEMO

•

부장님의 맥 빠지는 건배사로 시작되는
회식 자리.

테이블 위에 빈 잔이 생기지 않도록
연신 채우기 바쁜 와중에도
내가 받아야 하는 술잔들은 계속해서 생겨났다.

이걸 다 마시면 이 세상에 있는 술이
전부 바닥날 수도 있겠다 싶었지만

세상의 술은 조금도 줄지 않았고
내 술배만 거짓말처럼 나와 있었다.

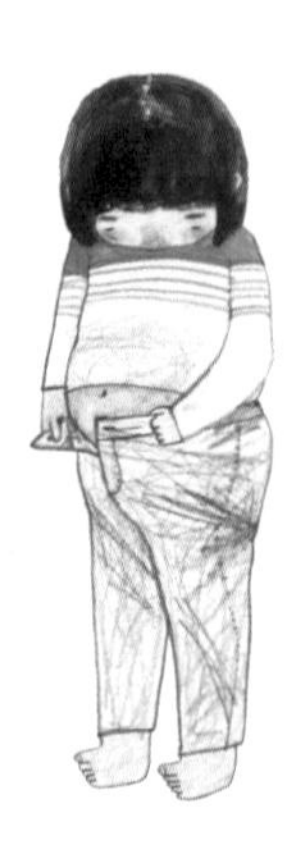

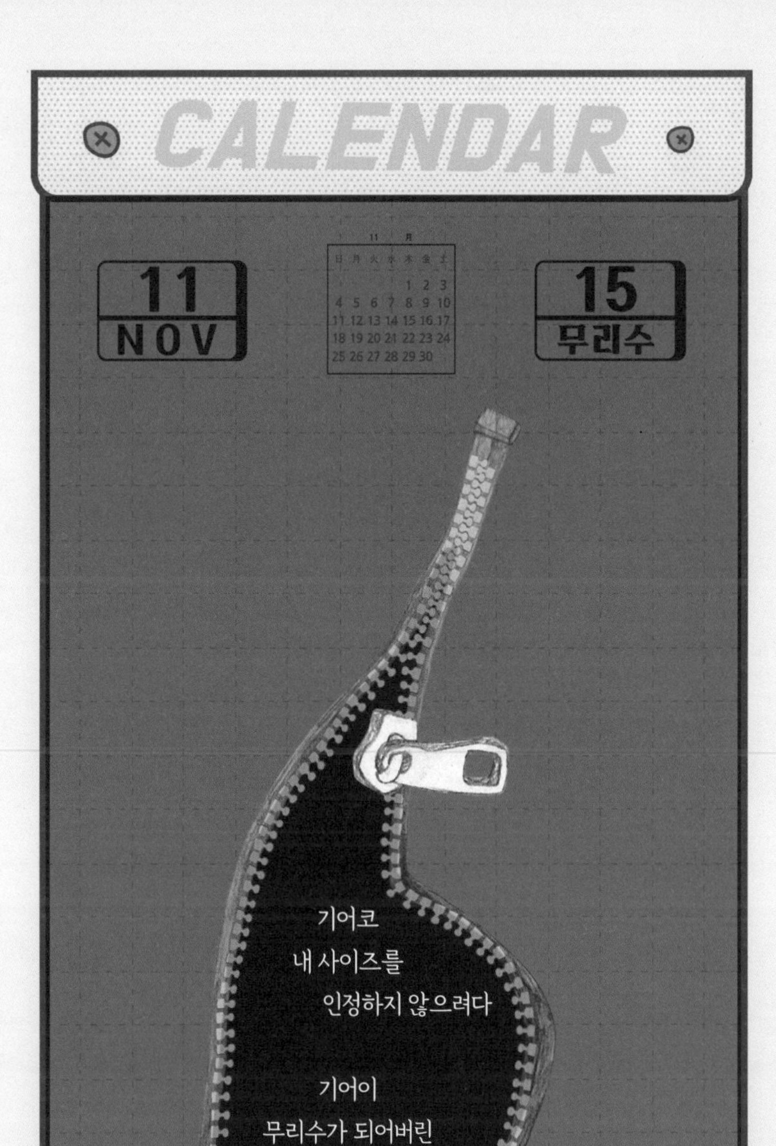
CALENDAR
11
NOV
15
무리수
기어코
내 사이즈를
인정하지 않으려다
기어이
무리수가 되어버린
오늘, 11월 15일

CALENDAR

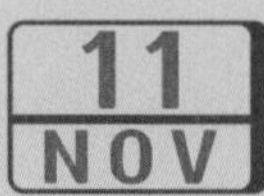

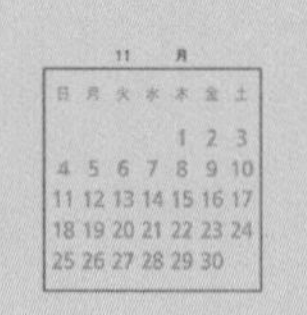

16
막내

식당에서
먹는 일이 생기면
튀어나와야 하는
빠른 손

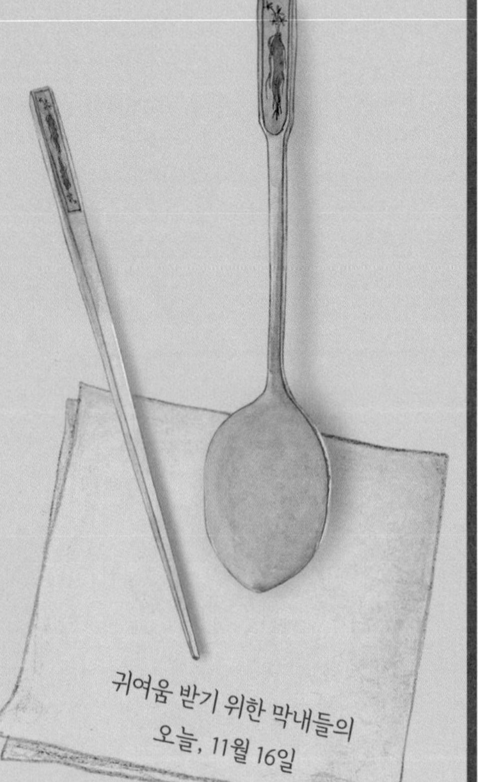

•

한 듯 안 한 듯한 메이크업을 위해
여자들이 엄청난 공을 들여야 하듯

보일 듯 말 듯한 센스를 위해
회사 막내들은 온갖 눈치 노동을 해야 한다.

우편물은 각자의 책상까지 배달하기.
식사 전, 주변 맛집 리스트 찾아 예약하기.
부장님 농담이라면 무조건 크게 웃어드리기.
식당에 들어오면 식당 직원보다 더 일하기.
반찬 모자라기 전에 식당 이모님께 리필 받기.
팀원들 커피 기호 죄다 외워두기.

손 하나 까딱하지 않는
집에서는 상상조차 할 수 없는 이중생활에
매번 스스로도 소름이 돋는다.

CALENDAR

한 치의 오차도 없는
90도 인사,
1도 없는 진심

인사성만 밝아지는 오늘, 11월 17일

너란 여자, 참 좋겠다!

CALENDAR

11 月

日	月	火	水	木	金	土
				1	2	3
4	5	6	7	8	9	10
11	12	13	14	15	16	17
18	19	20	21	22	23	24
25	26	27	28	29	30	

18
양호

아놔, 몇 번 말해…
아임 오케이!!!

어차피 나한테 던져줄 일이면서
왜 꼭 그 앞에는 답하기도 귀찮은
'괜찮아요?'가 따라붙는 걸까?

어느새 책상 위에 가득한
여기저기에서 물고 온 자잘한 일들.

"괜찮아요.", "괜찮습니다."
오늘 하루만 몇 번이나
괜찮다고 대답했지만

정신없는 틈에 새어 나온 머리카락 때문인지
퇴근 직전에 쌓인 업무 때문인지
사실은 '안 괜찮은 사람'이 거기 앉아 있었다.

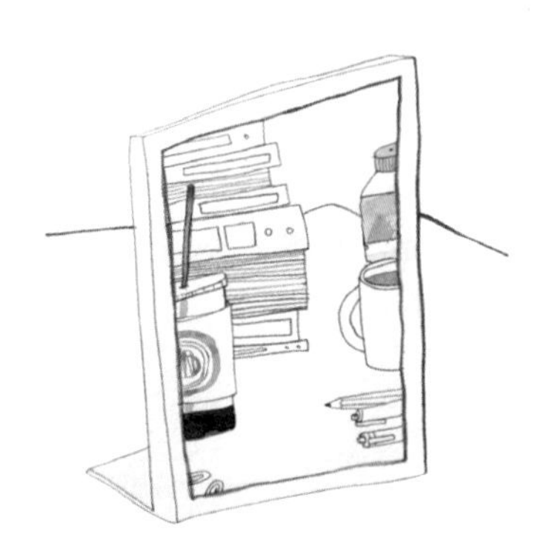

혼자만 반듯한 척,
똑바른 척 다 해놓고

뒤로는
어른스럽지 못한 흠집만
제 멋대로 패인
오늘, 11월 24일

•

찾으려고만 하니까 그렇지
'행복'은 만드는 건데

11
NOV
내 인생의
세잎클로버

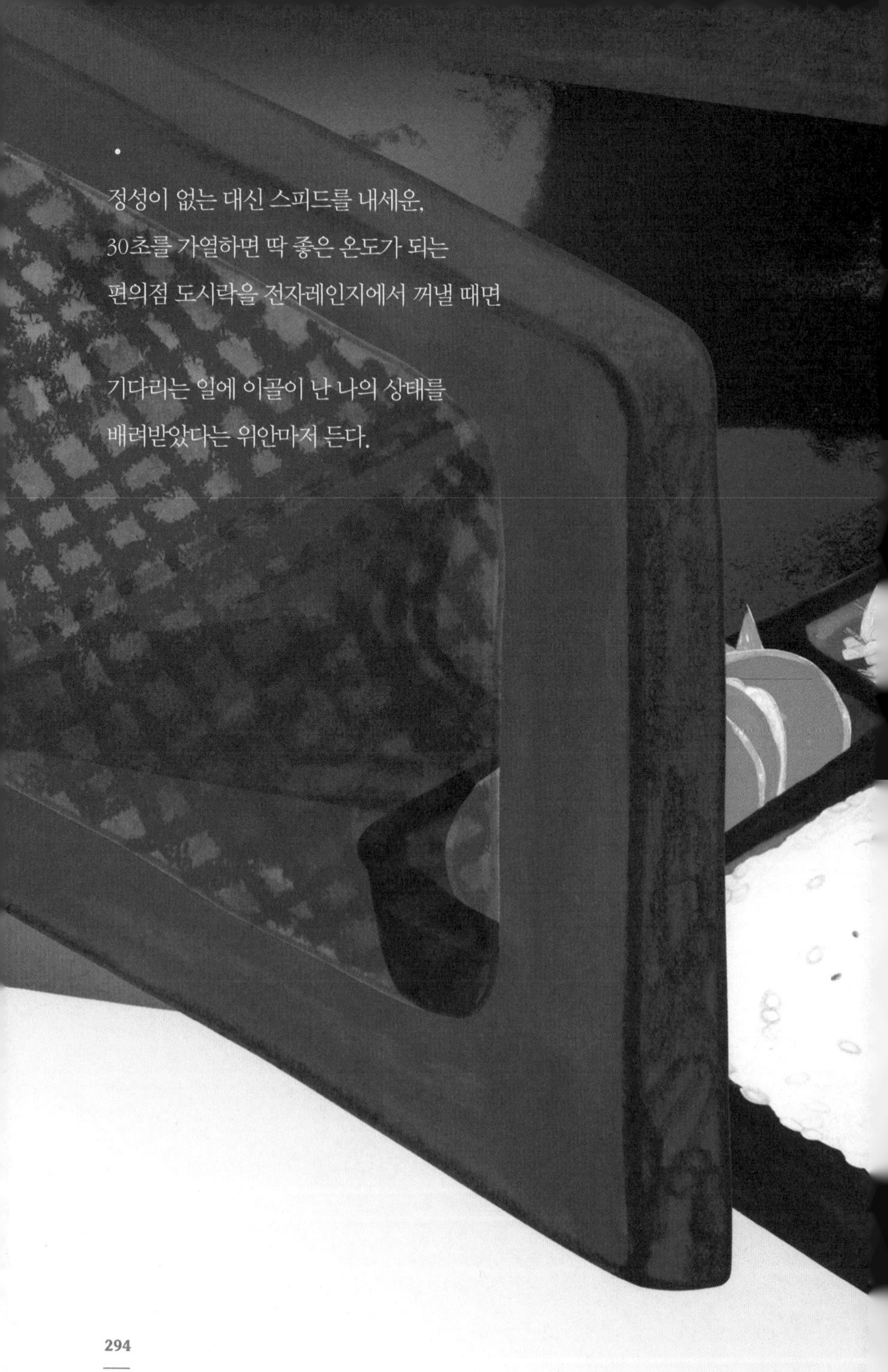

•

정성이 없는 대신 스피드를 내세운,
30초를 가열하면 딱 좋은 온도가 되는
편의점 도시락을 전자레인지에서 꺼낼 때면

기다리는 일에 이골이 난 나의 상태를
배려받았다는 위안마저 든다.

11
NOV
30
전자레인지
30
참을성 없는 내 위장을 위한
30초 조리시간!
신속한 생활 속
전기 친화적인 오늘, 11월 30일

•

불 켜졌던 곳이라

더욱 어둡다.

잠깐이라도

환했던 데라

더….

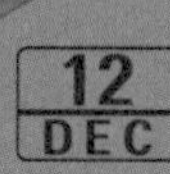
12
DEC

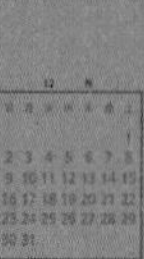

3
센서등

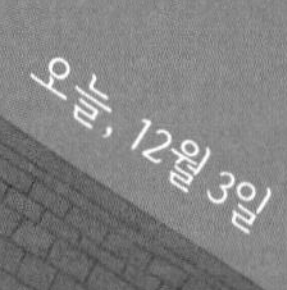
오늘, 12월 3일

CALENDAR

12 DEC

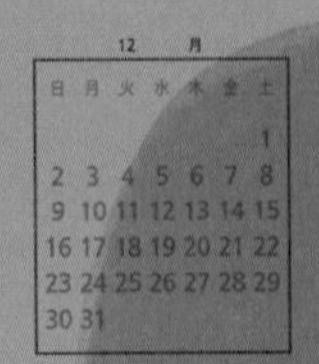

5 히어로

꾀죄죄한 몰골을
단숨에 숨기고
집 밖으로 당당히
기어 나갈 수 있게
변신 완료!

강력한 후드를
둘러쓴
오늘, 12월 5일

•

'나라'라도 구할 줄 알았던
어릴 때의 영특함은
온데간데없이 사라지고
집안의 돌연변이가 된
히어로 한 놈이

두 주먹 움켜쥐고
오죽하면 절실히
'나'라도 구하기를 바라는지!

CALENDAR

12
DEC

8
병따개

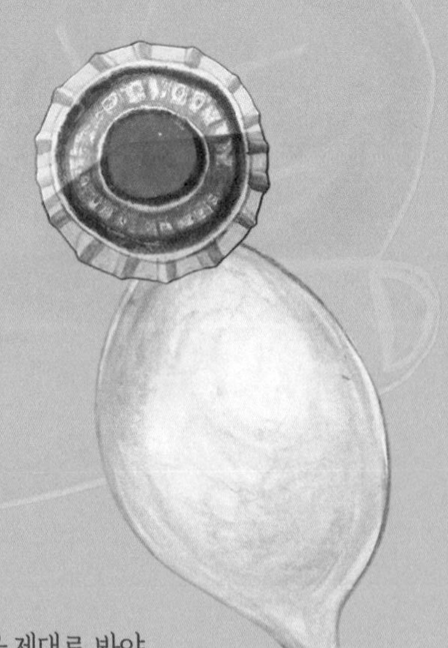

인생의 쓴맛을 제대로 봐야
연마할 수 있는 사회인의 고급 기술

병 따는 것마저 쉬워지면
너무 쉽게 마셔댈까 봐.

현란한 손놀림으로 시간을 때워서라도
조금만 더 이따가
맛보려고.

내가 아는
제일 쓴맛.

•

내가 보낸 장문의 카톡 메시지가
'읽음'으로 변했음에도
몇 시간째 응답 없는 그 사람 덕분에
나는 밀당의 효과를 체험할 수 있었다.

상황을 되새김질할수록
방구석 크기만큼 좀스러워지는 생각들.

'잡아놓은 물고기, 뭐 그런 거야?'

그때,
메시지가 왔음을 알리는 알림 소리가 울렸다.

그가 보낸 '미안'이라는 답을 흘끗거리며
내가 줄곧 기다린 것이
어쩌면 이 한마디였을 거라는
생각이 들었다.

심란하게 엉킨 선들에
머뭇거리지만 말고
일단, 꽂아보면 통할 수도 있지 않을까?

이해 코드의 오늘, 12월 10일

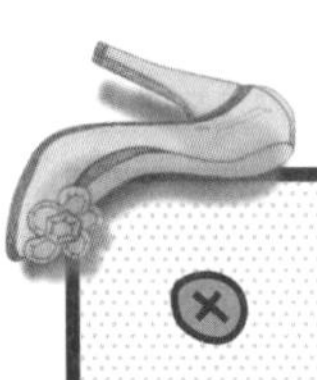

CALENDAR

12 月
日 月 火 水 木 金 土
1
2 3 4 5 6 7 8
9 10 11 12 13 14 15
16 17 18 19 20
23 24 25
30 31

12
DEC
12
신데렐라

12

•

때가 닥치면

둘 중에 하나.

도망치거나,

내 진짜 모습을 보여주거나!

오늘, 12월 12일

•

"오마나!"

손 놓고 구경만 해야 하는
기막힌 나의 도랑 플레이.

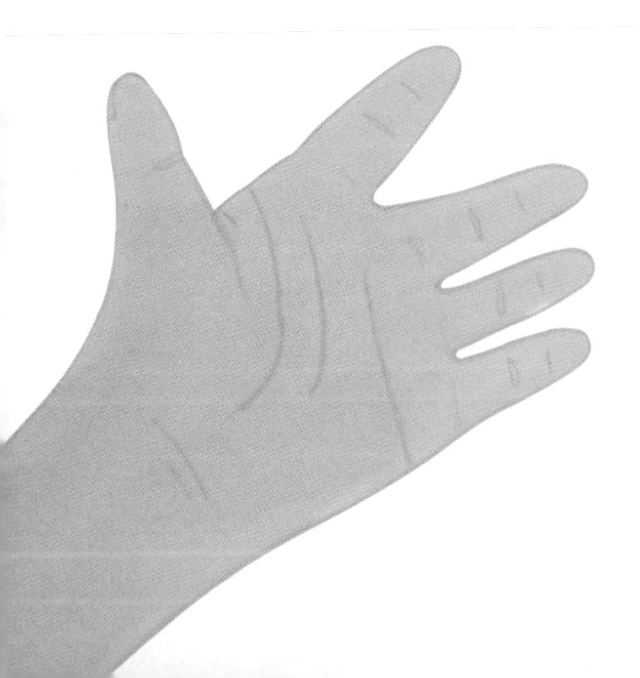

CALENDAR
12
DEC
16
도랑
너무 한 곳만 팠나요…
오늘, 12월 16일

CALENDAR

12
DEC

12 月

日	月	火	水	木	金	土
						1
2	3	4	5	6	7	8
9	10	11	12	13	14	15
16	17	18	19	20	21	22
23	24	25	26	27	28	29
30	31					

20
군것질

확실히 있다!

과자만이 줄 수 있는 위안

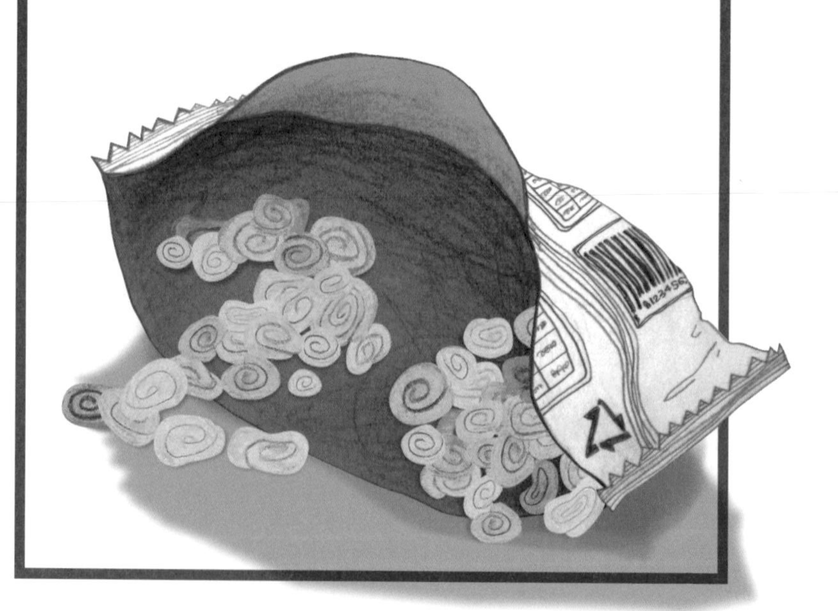

•

바삭한 식감은
그악스러운 세상의 소리에
날선 흥분을 잠재우고

고소한 별미는
얼얼하게 맛본 세상의 쓴맛을
저만치 달아나게 한다.

집어들수록
엄지와 검지는
달짝지근해지고

아까부터 마지막이라고 다짐만 한
그 많은 '마지막' 조각들을
입안 가득 탈탈 털어넣은 후

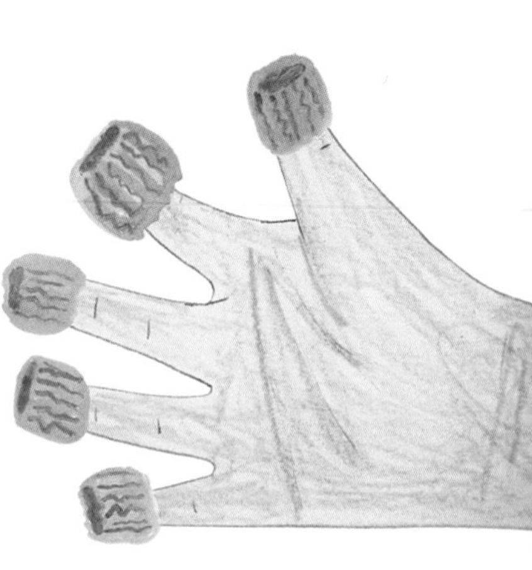

나는 컴퓨터 자판 위로 떨어진
가루들을 한숨에 실어
날려보냈다.

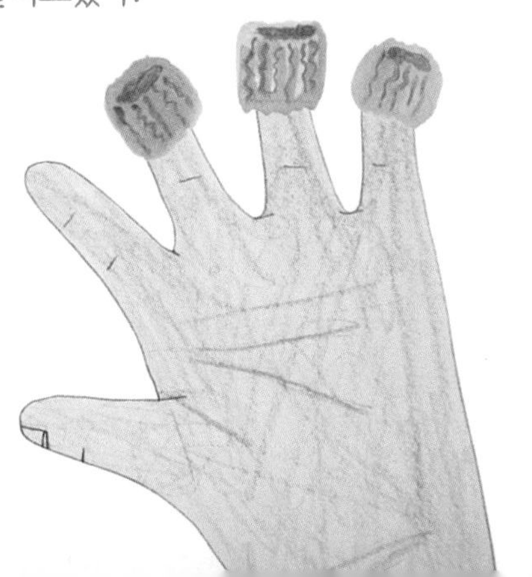

긴 어묵 꼬치를

호~ 불며 먹는 사이

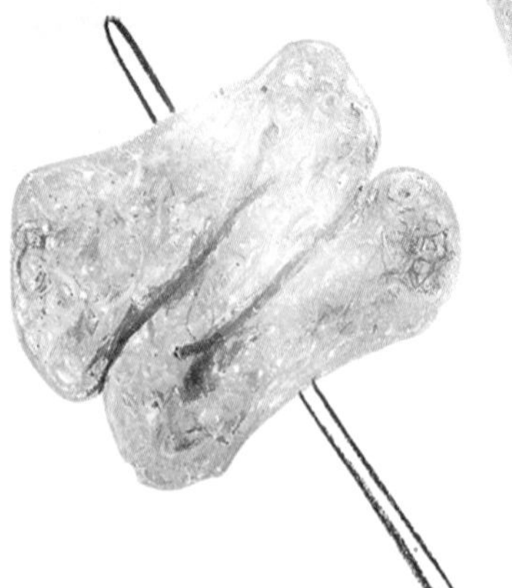

긴 나의 겨울이

후~ 어서 지나가기를.

•

눈 내리는 날이면
아이들보다
강아지보다
하늘이 더 많이 웃을 거야.

다음 달에 퇴임하는 이사님도
어린 시절에 꽤나 날렸다는 부장님도
코털이 삐죽 나와 있는 대리님도
머리카락을 덜 말린 채 출근하는 나까지도

모두들 아장아장
걸어가는 모습을 보며
하늘이 가장 즐거울 거야.

다들 너무 귀여워서.

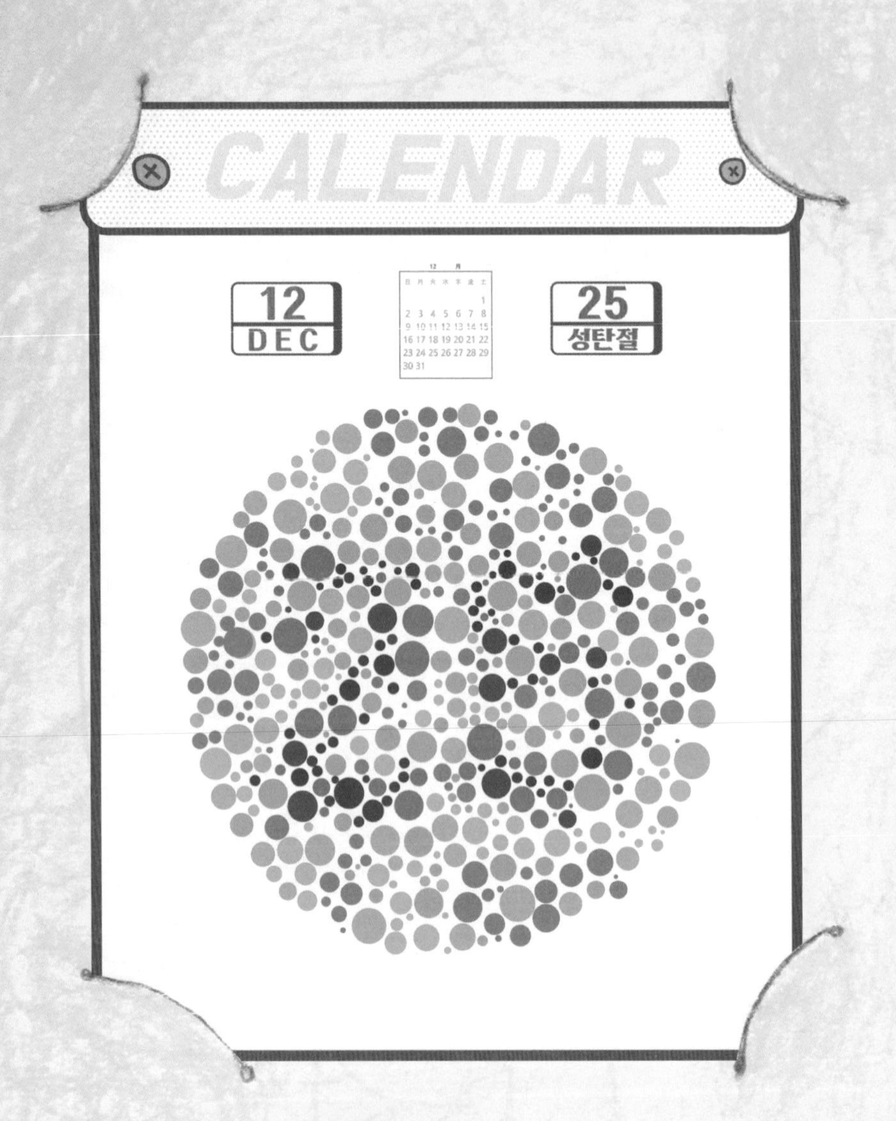
CALENDAR
12
DEC
12 月
日 月 火 水 木 金 土
1
2 3 4 5 6 7 8
9 10 11 12 13 14 15
16 17 18 19 20 21 22
23 24 25 26 27 28 29
30 31
25
성탄절

•

화려함에 눈이 팔려

요란함에 귀가 멀어

달콤함에 코가 막혀

전해주지 못한 마음

오늘은 꼭 말해주기를

"메리 크리스마스!"

달 속에 갇혀
방아만 찧느라 바빠
눈부신 달을 볼 수 없는 토끼들처럼

빌딩 속에 갇힌 저들도
밤늦도록 일하기에만 바빠
눈부신 야경을 보지 못한다.

그런데 놀라운 건
모두들
저 안으로
들어가고 싶어 한다는 것.

나도…
그리고 당신도….

이곳이 너무 어두운 걸까
아니면
저곳이 너무 밝은 걸까

딱 등잔 밑만큼 어두운
내가 서 있는 오늘,
12월 28일

•

거침없이 달려 직진을 하든

침착하게 멈춰 재정비를 하든

지금 모두의 상황은 같다.

우리는 아직

레일 위에서 경기 중!

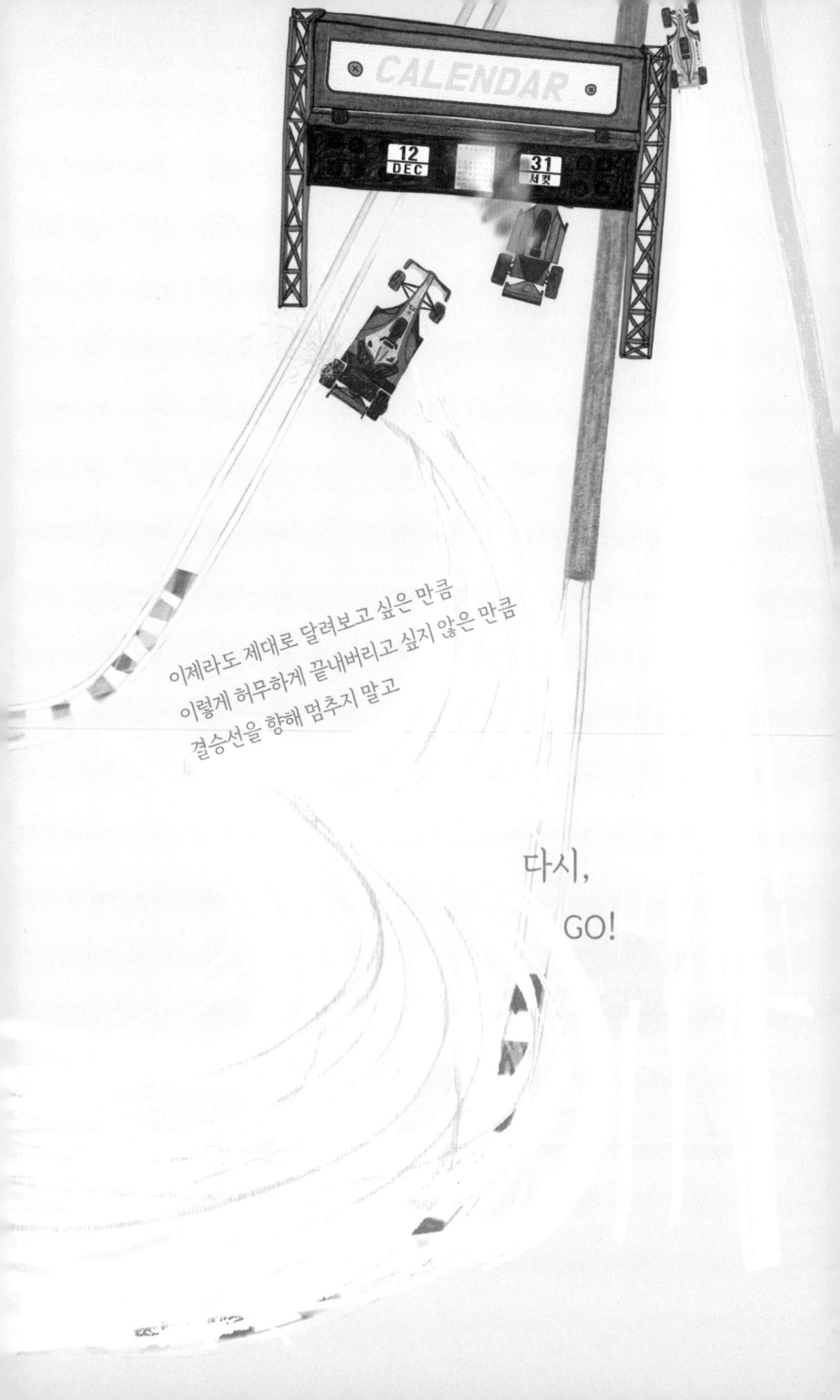
CALENDAR
12
DEC
31
서킷
이제라도 제대로 달려보고 싶은 만큼
이렇게 허무하게 끝내버리고 싶지 않은 만큼
결승선을 향해 멈추지 말고
다시,
GO!

에필로그

"무엇이 되어 있지 못한 오늘은,

청춘의 오늘이 아닌가요?"